꽃서점
1일차입니다

냥이 문고

꽃서점
1일차입니다

권희진

행성B

차 례

공간은 기억의 저장소라고 생각한다. 시간은 흘러가는 것이기에 기록을 필요로 하지만 공간은 멈춰 있는 것이기에 특별히 기록하지 않아도 스스로 기억을 품어버린다. 그래서 어떤 공간을 만든다는 건 재미있으면서도 부담되는 일이다. 그곳을 오가는 사람들과 지키고 있는 사람 모두 함께, 그 공간의 기억을 만들어가야 하기 때문이다.

책 만드는 일을 업으로 꽤 오랜 시간 살았더랬다. 그토록 좋아하던 일이 점점 생계의 수단이 되어 애증이 되어갈 무렵, 꽃을 만났고 처음 공간을 만들었다. 그리고 사람들이 보다 기분 좋은 경험과 행복한 기억을 쌓도록 그 공간을 가꾸고 다듬은 것이 지금의 제주 꽃서점 디어마이블루다.

2017년에 서점을 하겠다고 처음 얘기했을 때만 해도 주변 사람들은 나를 걱정스레 말렸다. 어느 순간 자취를 감춰버렸던 동네 서점들이 2014년 도서정가제 시행 이후 다시 늘어나며 대형 서점과 온라인 서점에 집중되어 있던 유통을 다각화해줄 대안으로 떠올랐지만, 2~3년의 반짝 부흥기를 지나 고질적인 경영 악화에 시달리며 그즈음엔 하나둘씩 문을 닫는 추세였다.

막상 2018년에 서점을 열고 1년 남짓한 기간 동안 지켜본 결과 동네 서점 업계에는 꽤 많은 긍정적인 변화가 일어났다. 먼저 줄어들 거라 생각한 동네 서점들은 꾸준히 늘어나고 있고 주인들의 면모도 더 다양해졌다. 일부 출판사들은 직거래나 제휴에 적극적으로 나서기 시작했다. 2018년 말에는 동네 서점을 위한 사업 개발, 정책 제안, 유통 개선 등의 일들을 공동으로 진행해 동네 서점의 구조적 문제나 운영상의 어려움을 같이 해결하려는 목적을 가진 '전국동네책방네트워크'가 발족하기도 하였다.

이 같은 동네 서점 제2의 전성기에 발맞춰 관련 책들도 쏟아져 나오고 있다. 단순 탐방기나 생존 연구는 물론이고, 웬만큼 이름 있는 동네 서점 주인들은 모두 책 한 권씩 썼다고 해도 과언이 아니다. 대부분 서점을 열게 된 배경, 본인만의 소신과 철학, 운영 에피소드에 초점이 맞춰져 있지만, 이 책은 실용 에세이라는 성격상 서점을 열 때 생각해봐야 할 더 실질적인 문제들에 주목했다. 서점이 커피나 소품이 아닌 '책'을 파는 '상점'이라는 본질을 잃지 않고 어떻게 더 많은 책을 팔고 어떻게 조금이라도 더 수익을 낼 것인가에 집중한 디어마이블루의 치열한 고민의 흔적을 담았다. 소소해 보이더라도 우리의 원칙들은 모두 이런 고민의 바탕 위에 서점의 지속가능성과 출판 생태계에 미치는 영향까지 고려해서 만들어낸 것들이다.

제주라는 특수한 공간에서 서점을 열다 보니 '육지'의 조건이나 상황과는 다른 점도 많지만, 지역적 차이에 상관없이 도움이 될 만한 내용들이라 생각한다. 동네 서점에 관심 있는, 혹은 하고 있는, 혹은 하고자 하는 사람들에게 나 나름의 방식으로 디어마이블루를 꾸려온 이야기가 재미있게 다가가길 바란다.

누군가 책과 꽃이 나에게 무슨 의미냐고 물은 적이 있는데, 생업으로 삼은 이상 그건 뭐라 의미를 부여할 수 없는 너무나 당연한 일상일 뿐이다. 물론 재미도 있고 무엇보다 좋아하지 않았다면 여기까지 오지도 않았겠지만, 지금으로서 의미를 굳이 찾는다면 밥벌이의 수단이라는 게 가장 크다. 언젠가 다른 생업을 찾게 되어 지금의 책과 꽃이 함께하는 삶을 일탈처럼 만나게 된다면 그때는 진정으로 더 큰 의미를 부여할 수 있을지도 모르겠다. 두 가지는 오롯한 나의 기쁨이라고.

원래 디어마이블루를 알고 계셨던 분들, 이 책이나 SNS를 통해 처음 알게 되신 분들, 무슨 계기로든 직접 방문해주셨던 분들, 언젠가 방문을 꿈꾸고 계신 분들. 디어마이블루가 세상에 존재하도록 직간접적으로 도움 주신 모든 분들이 지금 이 페이지를 읽고 계실 거다. 마음속으로나마 한 분, 한 분 떠올리며 글로 다 표현할 수 없는 감사함을 전한다. 가족과 친애하는 행성B 식구들에게는 특별히 더. 마지막으로 나의 영원한 멘토인 당신에게도.

제주에서 두 번째 봄을 맞이할 때쯤 얘기가 나온 책인데 네 번째 봄을 맞고서야 세상에 나오게 되었다.

자, 어서 오세요. 이제 진짜 제주 꽃서점 디어마이블루의 이야기가 시작됩니다.

2021년 봄, 제주 애월에서

한 번쯤
실패하면 어때

디어마이블루는 서울 서교동 작은 꽃공방에서 시작되었다. 제주 꽃서점 디어마이블루 얘기를 하기 위해선 먼저 '꽃집 주인 1일차'에 대해 짚고 넘어갈 필요가 있다.

16년을 출판사에서 책 만드는 일을 했다. 매일 아침 출근하자마자 컴퓨터를 켜고, 오탈자를 찾기 위해 밤새 교정지를 체크하고, 제목과 카피를 떠올리며 자다가도 벌떡 일어나 메모하는 일상을 살았더랬다. 건방진 생각인진 모르겠지만 당시 나의 소원은 제발 머리 쓰는 일 말고 육체 노동으로 돈을 버는 것이었다.

회사에 다니면서 처음에는 머리나 좀 비울 생각으로 꽃 수업을 듣기 시작했다. 대학교에서 시각디자인을 전공하고 출판사에서도 기획 일을 주로 했기 때문인지 뭔가 창조

하는 일에 늘 흥미를 느꼈는데, 배우다 보니 이 꽃 일이 적성에 딱 맞았다. 게다가 의외로 내가 그토록 바라던 육체노동의 비중이 엄청나게 컸다. 평생 헬스장 문 앞조차 가본 적 없이 거의 태초 상태로 방치되어 있던 근육들이 깨어나기 시작했다. 의자와 한 몸이었던 회사에서 벗어나 이리저리 몸을 쓰고 나면 건강해지는 기분까지 들었다.

과감하게 회사를 그만두고 본격적으로 수업에 등록, 1년 정도 부지런히 배워 전문가 과정까지 단숨에 끝냈다. 그때 나이가 서른여덟 살이었는데 나랑 전문가 과정 수업을 같이 들은 친구들은 30대 초반이었던 한 명을 제외하고는 모두 20대였다. 당시에는 꽃집 아가씨 혹은 아줌마라는 선입견을 뒤집는 유학파 플로리스트들이 서울 곳곳에 숍(shop, 왠지 가게라고 하면 안 될 것 같다)을 오픈하면서 꽃집이 화원이 아닌 세련된 숍으로 변모하던 시기였다. 꽃을 다루는 사람들도 '플로리스트'라는 있어 보이는 이름으로 불리면서 유망 전문 직업으로 각광받기 시작했다.

같이 배우던 어린 친구들은 전문가 과정을 끝내고 취직을 하거나 유학을 가서 전반적인 숍 운영이나 기술을 더 배워볼 수도 있었겠지만, 나이 많은 나에게는 선택지가 없었다. 출판사 편집장으로서 꼬박꼬박 들어오던 수입과 각종 혜택을 포기하고 1년을 오로지 맨땅에 헤딩하듯 시작하는 입장에서 유학까지는 무리였다. 또 각종 허드렛일이 많은 꽃집에서 차고 넘치는 어린 지원자를 두고 굳이 나를 막내로 뽑을 확률도 없었다. 그렇기에 애초에 창업을 목표로 정말 독하게 했다. 수업이 끝나면 수업에 썼던 꽃들을 집으로 가져와 다 해체한 다음 복습했고 새로운 용어나 꽃 이름이 나오면 그날로 외웠다. 외국의 꽃 잡지들을 구독해서 멋진 디자인은 따로 스크랩한 후 혼자 따라 해보며 감각을 익혔다.

회사까지 그만둔 건 배수의 진이었다. 어떤 분야든 마찬가지겠지만 플로리스트가 되기 위한 전문가 과정은 꽤 많은 시간과 비용을 투자해야 한다. 꽃 일이라는 게 손으로 하는 기술직인 동시에 이론적인 공부도 만만치 않기에 배운 걸 바로 써먹지 않으면 감도 떨어지고 애써 배운 지식이 무용지물이 된다. 만약 회사에 다니면서 저녁이나 주말만 수업을 들었다면 회사 일정이나 컨디션 핑계로 빠지기 일쑤일 테고, 안전한 월급을 우선하느라 꽃 일로 밥 먹고 사는 것에 대해 해이하게 생각하기 쉬울 터였다. 꼭 이 길로 안 나가도 그만이라고 말이다.

서른여덟 살이라는 나이는 따지고 보면 아직 도전하고 실패하기에 괜찮은 나이였다. 이미 출판 바닥에서 쌓은 확실한 커리어가 있기에 1년은 배우는 데 집중하고 1년은 내 사업을 하다 잘 안 되어도 마흔이면 원래 하던 일로 돌아갈 수 있으리란 자신이 있었다. 물론 여러 조건이 예전과 비교할 수 없이 나빠지긴 하겠지만 그건 그때 가서 생각할 문제였다. 회사를 계속 다니다 아무 준비 없이 등 떠밀려 나와 어영부영하기보다 한 살이라도 젊고 에너지가 있을 때 새로운 일에 도전해보는 게 더 의미 있을 것 같았다.

그렇게 편집자에서 플로리스트로의 이직은 약간은 무모하게 시작되었다.

디어마이블루가
무슨 뜻이에요?

'디어마이블루'라는 이름의 서점을 하면서 도대체 '디어마이블루'가 무슨 뜻이냐는 질문을 정말 많이 받았다. '디어마이블루'가 꽃집으로 먼저 시작했다고 해서 그럼 꽃집 이름으로는 어울리느냐, 하면 딱히 그런 것도 아니다. 사실 꽃집 시절에도 대관절 '디어마이블루'가 무슨 뜻이냐는 얘기는 수도 없이 들었다. 이제는 어느 정도 알려지기도 했고 동명의 노래도 나오고 다른 상품군에서 이 이름을 마구 갖다 쓰다 보니 그냥 고유 명사처럼 생각하는 것 같기도 하지만, 사실 원조 '디어마이블루'라고 주장하는 이 이름에는 엄청나게 많은 고민과 이유와 의미가 숨겨져 있다.

나는 창업을 목적으로 꽃 수업을 받기 시작했으므로 수

업을 받는 1년 동안 틈틈이 브랜드명과 지향점, 콘셉트 등을 고민했다. 원래 하려던 사업 아이템은 꽃 정기구독 서비스, 즉 플라워 서브스크립션이었다. 기획이나 마케팅 쪽에 자신 있었던 나는 한 번도 해보지 않았던 오프라인 숍 운영보다는 온라인 서비스를 기획하는 게 더 맞는다고 생각했다.

이 서비스는 미국처럼 넓은 지역의 정원이 있는 주택에 사는 사람들이 꽃을 정기적으로 싸고 편하게 구할 수 있도록 농장에서 바로 꽃을 잘라 다듬어지지 않은 상태로 직배송하는 데서 유래했다. 내가 처음 취미로 꽃을 배우기 시작한 2013년에는 국내에 서브스크립션이라는 개념이 들어온 초창기였다. 화장품을 시작으로 생활용품, 애견용품, 이유식 등으로 범위가 확장되고 있었지만 생물인 꽃을 정기구독한다는 것은 매우 희귀한 개념이었다. 국내 실정에 맞게 이 서비스를 시도하는 곳이 처음 생겨날 즈음 나 역시 회사를 그만두고 본격적으로 꽃을 배우기로 결심했고, 이 서비스를 목표로 사업 단계를 구상하며 브랜드명을 고민했다.

우선 이름에 '배송'이나 '전달'이라는 느낌이 있으면서도 감성적이었으면 좋겠다고 생각했다. 사업이라는 게 어떻게 될지 모르니 상품이 너무 꽃으로 국한되지 않게 이름에서부터 가능성과 확장성을 가졌으면 싶었다. 가장 좋아하는 '이바라기 노리코'의 〈자신의 감수성 정도는 자신이 지켜라〉라는 시의 제목이자 마지막 연의 문구도 어떻게든 녹여내고 싶었다.

이런 막연한 바람 속에 틈나는 대로 이름을 고민하던 어느 날, 버스를 타고 가는데 비가 내렸다. 퇴근 시간의 꽉 막힌 도로 위에서 빗방울이 유리창에 몽글몽글 맺히면서 색색의 도시 빛깔이 동그라미를 그리는데 저녁이라선지 유독 푸른빛이 눈에 들어왔다.

blue…… 그리고 나도 모르게 김이 하얗게 서린 창에 손가락으로 'my dear blue'라는 글자를 새겼다. 응? 마이디어블루?

영문 스펠링도 쉬웠고 한글로 발음하기도 부드러웠다. 바로 인터넷 검색을 해보았더니 아무것도 뜨는 게 없었다. 도메인 검색에서도 '.com'과 'co.kr'을 비롯한 모든 확장자가 살아 있었다. 일단은 유력 후보로 두었다.

여기까지에서 혹시 이상한 점을 발견하지 않으셨는가? 그렇다. 원래 영문법상 '디어마이블루'는 틀린 표현이다. 영어를 얼마나 잘 아는지 잘난 척을 하려고 이런 얘길 하는 게 아니라 가끔 이 이름이 문법상 틀린 표현이라고 지적하는 분들이 계셔서 이 자리에서 밝히자면, 몰라서 그렇게 한 게 아니다.

디어마이블루의 로고 디자인과 브랜딩은 모두 내가 했는데 처음에 '마이디어블루'로 디자인을 하려니 구조상 예쁘지 않았다. 소유격 My가 제일 앞에 오고 네 글자의 'dear'와 'blue'가 연달아 이어지는 것도 뭔가 부담스러웠다. 순서를 'dear my blue'로 바꾸는 게 디자인적으로 훨씬 리듬감이 있었다. 줄여서 부르더라도 '마디블'보다 '디마블' 쪽이 더 자연스럽고 어색함이 없었다. 검색을 해보았더니 'dear my blue' 역시 브랜드 관련해서는 아무것도 뜨는 게 없었고 도메인도 사용 가능했다. 처음부터 온라인 서비스를 생각했기에 도메인 확보 가능 여부는 매우 중요한 요소였다.

이제 'dear my blue'가 독자적인 브랜드명이라는 걸 좀 더 설득력 있게 표현할 필요가 있었다. 그래서 먼저 dear 뒤에 쉼표를 찍어 '지친 내 일상의 감성 충전소'라는 브랜드의 모토를 담았다. blue는 그 자체로 '우울하다'라는 뜻이 있으니 1차원적으로는 '내 내면의 우울함에게 보내는 편지'라는 해석을 달고, 한 걸음 더 나아가 각각의 스펠링에 의미를 담아 모두 대명사로 썼다. B는 Bloom, L은 Lifestyle, U는 Upcycling, E는 Emotion의 앞 자에서 따왔는데 막상 정해놓고 보니 처음부터 고민했던 사업의 확장성에도 어지간히 부합하는 이름이었다. 일단 Lifestyle이랑 Emotion 들어가면 끝난 거다. 웬만한 사업 아이템은 다 갖다 붙일 수 있었다.

이 이름을 확정하고 디자인한 게 2014년인데 그때 U에 Upcycling을 넣은 건 참으로 미래 지향적이었다. 사실 고백하자면 영어 사전을 아무리 열심히 뒤져도 U로 시작하는 마땅한 명사가 없었다. Unique가 가장 먼저 떠올랐지만 이건 형용사다 보니 명사로 쓰려면 Uniqueness가 되어야 하는데 이 단어는 도통 입에 붙지를 않았다. 당시엔 내가 제주에서 서점을 하게 될 줄은 상상도 하지 못했는데, 지금 제주에서 이렇게 쓰레기 문제와 환경 문제를 마주하고 보니 그때부터 그런 문제의식을 가졌던 것도 다 운명이었나 싶다.

blue가 들어간 덕분에 브랜드 컬러는 자연스럽게 정해졌고 'dearmyblue.com'과 'dearmyblue.co.kr' 도메인까지 확보했다. 원래 의도했던 '배송', '전달'의 개념을 넣어 메인 로고는 네모난 우표 디자인을 베이스로 하고 변형으로 원형 디자인과 단순 텍스트 버전까지 완성하였다.

'디어마이블루'라는 이름과 그에 담긴 의미, 브랜드 스토리, 디자인은 꽃집을 오픈하기 1년도 더 전에 이미 다 준비되어 있었다.

서교동 꽃공방
3년의 시간

　사업 방향성이 명확했기에 꽃을 배우면서 먼저 홈페이지 오픈을 준비했다. 그러던 중 전혀 예상 못 한 일이 터졌다. 이미 물류와 노하우를 확보한 대기업이 플라워 서브스크립션 사업에 진출한 것이다. 내가 전문가 과정을 끝낼 때쯤에 그 대기업은 모든 경쟁업체를 물리치고 독보적인 위치에 올라 있었다.

　시스템이나 디자인은 둘째치고 나 혼자 주문부터 꽃 구성과 포장, 배송까지 다 해서는 도저히 단가 경쟁이 되지 않았다. 1단계 플라워 서브스크립션으로 브랜드 팬을 확보하고, 2단계로 오프라인 수업을 진행하고, 3단계는 플라워 DIY 키트를 판다는 나름의 전략을 구축해 두었는데, 계획을 수정해야 했다. 배운 걸 묵힐 수는 없기에 1단계는 건너뛰고 예약제로 꽃 주문을 받고 수업만 진행하는 공방 형태로 접근하기로 마음먹고 공간을 물색했다. 자금이 한 정적이라 로드숍은 애초에 배제했지만 수업을 고려하니 자꾸 욕심이 났다.

그러다 어느 날, 집에서 1분 거리 주택가 골목 1층 공간이 눈에 들어왔다. 한 달 전에도 봤었는데 그때는 입주 공사를 하는 것 같아 관심을 두지 않았었다. 하지만 서울을 다 뒤져도 공간을 못 찾고 있던 터라 그랬는지 그날따라 더 유심히 살피게 되었다. 안쪽이 전에 봤을 때와 별로 달라진 게 없어 보였다. 집도 가깝고 요 정도 크기면 딱 좋겠다 싶었지만 어떤 사정인지 알 길이 없어 발길을 돌리는데 부동산 사무소에서 전화가 왔다. 급하게 나온 매물이 있어 내게 제일 먼저 연락했다는 거다. 주소를 받아드니 내가 방금 본 그곳이었다.

주인은 그 건물에서 디자인 회사를 하는 분이었다. 젊은 친구들이 동업한다고 해서 세를 줬는데 뭐가 틀어졌는지 공사하다 방치해 놓고 월세도 밀려 있어서 계약을 파기하고 다시 내놓은 참이라 했다.

안을 둘러보니 밖에서 보이는 것보다 훨씬 넓었고 화장실도 내부에 있었다. 예산도 맞았다. 알 수 없는 자재와 쓰레기가 널려 있는 게 마음에 걸렸지만, 어차피 바로 쓸 만한 곳들은 다들 고액의 권리금이 붙어 있었다. 권리금을 줄 바에야 내 취향에 맞게 고치는 게 더 나을 거란 생각이 들었다. 그 자리에서 계약을 결정하고 혹시나 다른 사람이 채갈까 봐 바로 계약금부터 입금했다.

셀프 인테리어를 해본 사람들은 누구나 공감하겠지만 셀프 인테리어라고 해서 1부터 100까지 혼자 할 생각을 해선 절대 안 된다. 셀프 인테리어의 우여곡절을 얘기하자면 이 책 제목이 '셀프 인테리어 1일차입니다'가 되어야 하니 이쯤에서 넘어가겠다.

막상 오픈은 했지만 처음부터 예약 주문이나 수업이 넘칠 리 없는 데다 달리 비용을 들여 홍보할 상황도 아니었기에 SNS라도 부지런히 하기로 했다. SNS에 소식을 알리자 가장 댓글을 많이 단 건 출판계 지인들이었다. 갑자기 회사를 그만두고 어디서 뭐 하나 했는데 1년 동안 두문불출하다가 뜬금없이 꽃공방을 오픈했다고 하니 무슨 일인가 싶었나 보다.

오픈하고 얼마 지나지 않아 운 좋게도 한 소셜커머스 사이트에서 플라워 원데이 클래스 상품을 판매할 생각이 없냐고 연락이 왔다. 상품 소개 페이지도 자기들이 알아서 디자인해주고 예약 결제 시스템도 수수료 없이 제공해준다고 했다. 여기에 6개월 동안 클래스 상품을 올린 게 홍보가 많이 되어 고정 수강생이 확 늘어나는 계기가 되었다. 그리고 이 수업 내용들을 블로그에 꾸준히 올리면서 기업 강의와 문화센터 강의까지 들어오게 되었다.

서교동 시절을 보내며 깨달은 당연한 사실은 꽃 일이 육체노동과 더불어 책을 만들 때보다 머리를 두 배, 세 배는 더 써야 했다는 것이다. 이건 업종을 떠나서 그냥 영세 자영업자의 숙명 같은 거다.

9시에 출근해서 컴퓨터를 켜던 일상은 8시 30분에 출근해서 공방 청소하고 컴퓨터 켜는 것으로 바뀌었고, 저녁에는 블로그에 글을 올리거나 수업 자료를 만들기 위해 출판사에 다닐 때보다 더 오래 컴퓨터 앞에 있기도 했다. 일주일에 평균 두 번, 바쁠 때는 서너 번 꽃시장에 가는데, 새벽 5시에는 집을 나서야 출근 러시아워를 피할 수 있다. 꽃시장에서 돌아오면 꽃들과 부자재들을 정리하느라 분 단위로 스케줄을 짜서 움직였다. 그러지 않고는 계획한 일의 반도 못 마치고 하루가 가기 때문이다. 하루에 수업이 3타임 있는 날은 밥 먹을 시간이 없을 때도 많았다. 집에 와서도 잠들기 전까지 새로운 아이템을 구상하고 좀 더 예쁜 패키지를 찾기 위해 해외 사이트를 뒤지는 게 다반사였다. 서서 일하는 시간이 많다 보니 부실한 종

아리 근육에는 수시로 쥐가 났고 무거운 화분과 짐을 나르느라 어깨와 허리에도 무리가 갔다.

상품 주문과 수업을 모두 예약제로 하면 시간 조율을 자유롭게 할 수 있을 것 같았지만 뭔가 늘 바빴다. 꽃 일은 준비 과정이 너무 길고 매번 정직하리만치의 육체노동을 필요로 했다. 1인 공방 형태로 운영비와 내 인건비를 뽑기 위해선 출판 아르바이트 일도 해야 했다.

사람이 참으로 간사해서 몸과 머리를 다 쓰는 일을 3년 정도 하니 앉아서 편집 일만 하던 때가 그리워졌다. 반복적인 일상이 슬슬 재미없어지며 이 일에도 매너리즘이 찾아왔다. 뭔가 새로운 돌파구가 필요했다.

어차피 얻어놓은 공간이니 더 활용할 방도가 있으면 좋겠는데, 1층이긴 해도 골목 안쪽이라 유동인구는 거의 없다시피 했다. 그래서 자본이 많이 들지 않으면서 내가 아는 일이고 사람들이 일부러 찾아올 수 있는 서점을 같이하면 어떨까 생각해보게 되었다. 그때쯤 홍대 주변으로 작은 서점들이 많이 생겨 사람들의 관심을 받고 있었고, 나역시 시간 될 때마다 그런 서점들을 둘러보며 동네 서점이주는 매력과 재미에 흥미를 느끼고 있었다. 책을 잘 팔 수 있을지는 모르겠지만 워낙 긴 세월 보도 자료로 다져진 몸이라 책 소개만큼은 재미있게 잘할 자신이 있었다.

제주를 선택한
이유

처음 꽃서점 후보지는 양평, 강릉, 제주

　서점과 꽃집을 같이 하기로 결심하고 시장조사를 해보았다. 서울은 어디를 막론하고 생각했던 것보다 더 포화 상태였다. 대형 서점이나 온라인 서점은 차치하고 후발주자로서 다른 동네 서점보다 경쟁력을 갖추는 게 쉽지 않을 것 같았다. 그렇다면 '굳이 서울에서 할 필요가 있을까'란 생각에 다른 지방에서 마음에 드는 후보군을 뽑아보았다. 서울과 인접한 양평, 바다와 산이 있는 강릉, 그리고 늘 꿈꾸던 제주, 이 세 곳이 최종 후보지가 되었다.

　제주는 예전부터 너무 좋아했지만 선뜻 이주를 결정하기는 어려웠다. 서울에 있으면서 가게 자리를 알아보기도 쉽지 않아서 순서를 뒤로 미뤄놓고 주말마다 양평부터 집중적으로 알아봤다.

가게를 옮기면 어차피 집도 이사해야 하니 아예 상가주택이나 마당이 있는 단독주택 같은 곳을 찾아다녔다. 사람들이 책을 사서 야외에서도 읽었으면 좋겠다고 생각했는데, 친구가 이렇게 미세먼지가 많은데 누가 밖에서 책을 읽겠냐고 타박을 줘서 그 부분은 포기했다. 강릉은 바닷가 서점이든 바닷가 꽃집이든 무척 감성적으로 느껴져서 마음이 끌렸다. 그런데 바닷가 쪽 건물들은 대부분 카페가 차지하고 있어 임대료가 그 기준으로 형성된 것 같았다. 그냥 인터넷으로만 알아봐도 임대료가 매우 높았고 꽃 시장과 접근성도 떨어져서 고민이 되었다. 그러던 차에 제주 여행을 가게 되었다. 그때는 제주에 서점이 많지 않을 때라 간 김에 서점들도 좀 돌아보자 싶었다.

대형 서점 없음＋여행지라는 매력

제주의 서점들을 둘러보며 가장 먼저 느낀 점은 서점에 오는 관광객 손님들의 지갑이 열려 있다는 점이다. 무슨 얘기냐면 여행을 오는 것 자체가 어느 정도 돈을 쓰러 오는 것이니 사람들이 서점에서 지갑을 여는 것에 인색하지 않더라는 뜻이다. 제주에서 맛있는 밥 먹고 분위기 좋은 카페에서 커피와 디저트까지 먹으면 한 끼에도 2~3만 원이 기본으로 나간다. 그러므로 기껏해야 1만 원 안팎인 책값은 상대적으로 싸 보일 수 있다.

물론 사람들이 서점에서 책만 사는 것은 아니다. 대부분의 서점이 제주와 관련한 굿즈나 엽서, 공책 등의 지류 소품, 아니면 그 서점만의 기념품을 자체 제작해서 팔고 있었고 단순 관광객들은 어쩌면 책보다는 이런 굿즈에 더 열광하는지도 몰랐다. 아무튼 그렇더라도 무언가를 소비하는 데 있어 한껏 열린 자세임은 분명했다.

도민들 입장에서 생각해봐도 제주에는 오프라인 대형 서점이 없고 인터넷 서점에서 주문해도 바다를 건너와야 하는 특성상 바로 다음 날 책을 받을 수 없다. 기상이 좋지 않으면 언제 책이 도착할지 아무도 몰랐다. 이런 상황들을 종합해보니 어쩌면 동네 서점을 하기에 최적의 장소는 제주도일지도 모른다는 생각이 들었다.

제주에 다녀와서 좀 더 자세히 서점 현황들을 알아봤다. 제주가 서울에 비해서는 충분히 가능성이 있어 보였다. 서점을 열겠다고 결심하면서부터 어떤 서점을 열어야 할지 계속 고민했는데, 제주에서라면 해보고 싶은 걸 바로 시도해볼 수 있을 것 같았다.

제주 이주 쪽으로 마음을 굳히고 일주일에 1~2일씩 제주에 머무르며 장소를 물색했다. 예전에 출판사를 다닐 때 사수였던 선배가 제주 출신이었는데, 마침 성산에서 게스트하우스를 하고 있었다. 나는 혼자 내려오는 것이니 유일하게 아는 사람인 선배와 가까이 있으면 좋겠다고 생각했다. 그래서 제주에서 가장 좋아했던 함덕부터 선배네 게스트하우스가 있는 성산, 표선까지 제주의 동남쪽에 해당하는 곳을 뒤지고 다녔다.

2017년 11월부터 찾기 시작했지만 역시나 마땅한 장소는 쉽게 나타나지 않았다. 비어 있는 곳들은 다 그럴 만한 이유가 있었다. 서점이야 어차피 사람들이 일부러 찾아온다고 해도, 꽃집은 동네 수요가 있을 수 있으니 너무 외진 곳은 피하고 싶었다. 꽃서점에 얼마만큼의 공간이 필요할지는 잘 가늠이 되진 않았지만, 일단 서교동 디어마이블루보다는 커야 할 것 같았다.

제주는 위치나 건물의 상태 따라서 가격이 정말 천차만별이었다. 제주스러운 느낌이 살아 있는 돌집인데 괜찮은 위치에 상태도 양호하면 임대료가 서울 강남 수준이었다. 권리금이 억 단위인 곳도 있었다. 임대료가 싼 곳들은 싼대로 수리에만 몇천만 원을 지출해야 할 판이었다.

누구를 위하여
파란 건물은 거기 있었나

세 번의 계약 무산과 '임대 원함' 쪽지

제주에서 부동산을 임대할 때는 독특하게 연세 계약이 일반적이다. 연세는 1년 치 월세를 몰아서 내는 거라고 생각하면 되는데, 가령 월세 50만 원짜리 공간을 제주에서 임대한다고 하면 일정 부분의 보증금에 50만 원x12=600만 원의 연세를 한꺼번에 내야 한다. 연세 계약을 하면 매달 임대료를 내는 부담이 없어서 자리 잡는 데 시간이 좀 걸리는 업종에는 유리한 면이 있다. 하지만 처음부터 목돈이 필요하고 중간에 변수가 생겨도 공간을 빼기가 어렵다. 매달 월세를 내야 한다는 부담이 없으니 자칫 느슨해질 수 있다는 단점도 있다.

해가 바뀌고 2월이 되어서야 겨우 마땅한 공간이 나와 연세에 합의하고 계약을 위해 제주도로 내려갔다. 그런데 중개사 입회 아래 도장 찍는 자리에서 주인이 연세를 더 올려야겠다고 배짱을 튕겨서 결국 엎어지고 말았다. 이 계약 때문에 서울에서 일부러 내려온 나는 너무 황당하고 어이가 없을 지경인데, 이걸 중재해야 할 중개사가 제주 사람들 원래 그러니 서울 사람이 주인인 건물을 찾아보는 게 더 나을 거라 말해서 분노가 치밀어 오르고 말았다.

　한 번은 공인중개사를 통해 계약하기로 얘기가 다 된 상태에서 주인을 만났는데 결정적으로 우리가 북카페가 아니란 이유로 어그러진 적도 있다. 분명히 부동산 사무소에 "서점과 꽃집을 같이 할 거예요"라고 얘기했는데 중개사가 멋대로 '북카페'라고 소개한 게 화근이었다. 카페를 해야 공간이 더 알려지고 땅값이 올라간다고 생각했는지 주인은 무조건 카페를 같이 해야 한다고 우겼다. 그러다 나중에 잘되면 쫓아내려고 했는지까지는 모를 일이고.

　또 한 군데는 바닷가 바로 앞에 비어 있는 오래된 돌집이었는데 주인이 강남 사는 부자라고 했다. 제주 전통 돌집 형태가 그대로 살아 있고 작게 마당도 있어서 서점 겸 꽃집과 살 집까지 한 번에 해결되는 곳이었다. 연세가 말도 안 되게 저렴해서 급 관심이 갔는데, 고쳐서 쓰든 말든 상관없이 계약을 1년 단위로만 해준다고 했다. 그 자리가 너무 탐이 났던지라 인테리어 업자를 데려다가 견적까지 뽑아봤었다. 바닥과 벽과 화장실 정도의 아주 기본적인 수리만 해도 2천만 원은 든다고 했다. 최소 3년이라도 보장을 해주면 살짝 고민이라도 해볼 텐데 임차인이 비용을 다 들여 수리하는데 1년만 계약해준다는 것은 주인이 계약 의지가 없다는 거나 마찬가지라 포기했다. 그 공간은 가끔 생각날 때마다 가보는데 4년이 지난 지금도 비어 있다.

당시엔 제주에 내려오면 잠자는 시간 빼고는 이 잡듯 제주를 뒤지고 다녔다. 답답한 마음에 내비게이션도 안 찍고 아무 길로나 들어가서 돌아다니다 비어 있는 괜찮은 공간을 발견하면 '이런 가게를 하려고 하는데 임대할 의향이 있으시면 연락 바랍니다'라는 글과 연락처를 쪽지에 적어 문에 끼워놓고 오곤 했다.

잔디밭 사이 뜬금없는 건물 두 동

3월이 되었는데도 제주에서의 공간 찾기는 계약이 될 듯 엎어지기만 반복하고 있었다. 부동산 정보든 오일장이든 인터넷 카페든 매일 수시로 들여다봤으니, 이제는 어쩌다 올라오는 새 매물 아니면 더 이상 볼 게 없을 정도였다. 제주는 나랑 연이 없는 게 아닐까란 생각에 이주를 거의 포기하려던 중, 정말 마지막이라 생각하고 뒤지다가 발견한 어느 블로그에서 뜬금없는 파란 건물 사진을 보게 되었다. 마을 주민이 지나가다 찍은 사진이었는데 잔디밭을 사이에 두고 파란색의 컨테이너처럼 보이는 건물 두 동이 나란히 있는 모습에 '이건 날 위해 지어놓은 건가?'라는 생각이 딱 들었다. 장사를 하고 있는 건물 같지는 않았다.

당장 그 블로그에 건물이 비어 있는지와 주인의 연락처를 알려줄 수 있냐는 댓글을 남겼고, 블로그 주인은 건물 주인에게 연락한 후 나에게 연락처를 알려주었다. 그렇게 건물주와 통화하고 바로 제주로 떠났다. 낮 12시쯤 건물 사진을 보고 오후 4시 비행기를 타고 제주도로 내려가 그날 저녁 6시에 주인과 마주한 것이다.

내가 도착한 곳의 위치는 애월읍 고내리라고 했다. 〈효리네 민박〉이라는 TV 프로그램 때문에 '애월'은 익히 알고 있었지만, 성산의 대각선 반대에 위치해 있었기에 그렇게 제주를 뒤지고 다니면서도 유일하게 빼놓은 곳이었다. 특히나 고내리는 관광지가 있거나 한 게 아니라서 아예 생소한 지명이었다.

3월의 저녁인지라 6시라도 날은 꽤 어두컴컴했고 초행

이라 방향 감각도 없어서 공항에서 어디로 얼마나 온 건지 가늠이 되지 않았다. 내려와서 직접 보니 건물 두 동 중 한 동은 서점으로, 한 동은 꽃집으로 구분해서 쓰라고 일부러 그렇게 지어놓은 것 같았다. 내부 마감이나 냉난방기도 완벽해서 집기만 들이면 손댈 것 하나 없이 바로 영업을 시작할 수 있을 정도였다. 위치를 따질 새도 없이 마음이 너무 급해서 다짜고짜 내 소개를 하고 이곳에서 꽃집과 서점을 하고 싶다고 말씀드렸다. 당시 작은 건물은 비어 있었지만 지금의 서점 동은 그 건물을 지은 건축가분의 사무실로 사용되고 있었는데, 마침 그분이 일을 쉬게 되어 주인이 임대를 고민하고 있었다. 일주일만 생각해보겠다고 한 주인은 정확히 일주일 뒤 임대하겠다고 연락을 해왔고 바로 계약이 진행되었다. 5개월을 애써도 되지 않던 일이 2주 만에 계약까지 일사천리로 끝났다.

서교동의 디어마이블루 자리도 부동산 사무소에 내놓자마자 1주일도 안 되어 바로 나갔다. 마지막 수업이 끝나고 후다닥 짐 정리를 하여 열흘 만에 제주도로 이사했다. 블로그에서 파란 건물 사진을 처음 보고 한 달이 채 되지 않아서였다.

제주에서
집 구하기

20분 거리는 멀어서 안 가요

서점 자리가 애월로 정해지자 성산에 사는 선배는 "이제 1년에 한 번쯤 보겠구나"라고 했다. 나는 "에이, 서울에서 왔다 갔다 할 때도 그거보다 자주 봤는데 같은 제주도에서 무슨 1년에 한 번을 봐요?"라고 했지만, 제주에 오고 얼마 지나지 않아 그 말이 무슨 뜻인지 알게 됐다.

제주 사람들은 차로 20분 거리만 되어도 정말 중요한 일이 아니면 좀처럼 움직이지 않는다. 서울에서는 한번 길을 나서면 1시간은 기본이라 이 시간 개념으로 생각하면 20분이 아무것도 아닌 것 같지만, 교통체증이 거의 없는 제주에서 차로 20분이라 함은 실제 시속 60km로

20km를 가는 것이었다. 애월에서 성산까지는 1시간 정도면 갈 수 있지만 거리로는 60km인 셈이었다.

이주민들은 흔히 20분의 거리를 기꺼이 움직이느냐 안 움직이느냐를 놓고 제주화가 되었다, 덜 되었다 표현하는데 난 3개월도 되지 않아 완벽하게 제주화가 되어버렸다. 그리고 내가 했던 반론이 무색하게 정말 제주 내려와서 선배와 만난 건 만 3년 동안 다섯 손가락 안에 꼽을 정도다.

내려오기 전까지 이 사실을 전혀 이해하지 못했던 나는 집을 알아볼 때 큰 실수를 할 뻔했다. 가게에서 너무 가까운 것보다 20분 정도의 거리는 되어야 충분히 출퇴근하는 맛이 있을 거라 생각한 것이다. 서울분들의 이해를 돕고자 좀 더 쉽게 설명하자면, 제주에서는 서울 홍대에서 경기도 과천 정도 거리를 가는 데 20분이 소요된다.

보지도 않고 계약한 원룸 아파트

다행인지 불행인지 제주도로 내려오는 일이 너무 순식간에 진행되어 서울 공방과 집을 정리하기에도 시간이 촉박했다. 제주에서 살 집까지 꼼꼼히 알아볼 여유는 없어서 일단 인터넷에서 날짜가 맞는 곳 아무 데서나 한달살이를 할 요량으로 집을 찾았다. 마침 서점 근처 원룸 아파트에 한달살이 방이 나온 걸 보고 주인에게 연락했는데 이게 불과 제주 이주 이틀 전이었다. 집주인은 집도 보지 않고 당장 모레부터 한달살이하겠다는 나에게 집이 오래되었다며 안 보고 계약해도 되겠냐고 걱정했지만, 어차피 계속 살 건 아니니 아무리 살 곳이 못 되어도 한 달만 버티면 된다고 생각했다.

막상 도착하니 내 짐이라곤 옷과 책만 챙겨온 나에게 모든 가전제품과 침구류, 수건, 각종 조리도구와 식기까지 풀옵션으로 갖춰진 한달살이 집은 최고의 선택이었다. 오래된 아파트라 외관은 낡았지만 집주인이 애초에 한달살이 임대 목적으로 내부는 싹 리모델링해서 모든 게 깔끔하고 편리하게 되어 있었다. 옛날 아파트라선지 원룸치고는 방도 넓었고 베란다도 있었다. 그리고 그 베란다 너머로 바다도 보였다. 세상에, 바다가 보이는 집이라니!

디어마이블루까지는 차로 2~3분 거리였다. 날 좋을 땐 걸어갈 수도 있었다. 2주 정도를 살아 보니 별다른 단점이 보이지 않았다. 굳이 20분 정도 거리에 새로 집을 구하려던 생각은 제주화가 급속히 진행되면서 점점 희미해졌지만, 집주인이 한달살이가 아닌 연세 계약을 해줄지가 의문이었다. 만약 옵션이 없는 집을 구한다면 기본적인 가전제품부터 소소한 부엌살림까지 다 새로 사야 하니 그것도 큰일이었다. 무엇보다 이사 다닐 때마다 짐이 될 터였다. 언제 어디로든 부담 없이 떠날 수 있도록 몸을 가볍게 만들어 사는 것이 제주 이주를 기점으로 세운 내 삶의 첫 번째 목표였기에, 개인 짐을 늘리는 건 최소한으로 하고 싶었다.

3주 차가 되어 집주인에게 이 집을 혹시 연세로도 내놓을 의향이 있는지 물었다. 알고 보니 집주인은 부산 분이었는데 본업이 따로 있어 한달살이 손님들이 들고 날 때마다 제주를 오가며 청소하고 정리하는 게 일이었던 모양이다. 겨울에는 한 달이 차지 않는 날도 있을 텐데 관리비는 계속 나가니 그것도 골치였으리라. 어쨌든 집주인은 의외로 흔쾌히 연세 계약을 수락했고 우리는 합리적인 금액의 연세 계약서를 쓰게 되었다.

운명같이 만나긴 했지만 디어마이블루 건물이 전혀 제주스럽지 않고 마치 서울에서 볼 수 있을 것 같은 세련된 스타일이라서, 사는 집만이라도 돌담집이라든지 마당이 있는 주택 같은 곳이면 좋겠다고 생각했다. 하지만 현실은 꽃집과 서점 오픈 준비로도 벅차서, 새로 집을 구하고 필요한 물품을 사러 다닐 여력이 없었다. 지금 와서 생각해보면 그 신경을 덜고 시간을 절약할 수 있었던 것만으로도 매우 운이 좋았다고 할 수 있다. 또한 내려오기 전에 만약 시간 여유가 있어서 직접 살아보지 않고 서점에서 20분 정도의 거리에 집을 구했더라면 정작 살면서는 후회했을지도 모른다.

생각이 너무 많거나 완벽하게 준비해놓고 움직이려 했으면 오히려 아무것도 못 했을 수도 있는데, 모든 걸 최대한 단순화하고 그냥 닥치는 대로 했다. 지금의 선택이 최선인지를 따지지 않고 최악만 아니면 된다고 생각했다. 그랬더니 어느 순간 디어마이블루 공간과 집 구하기가 모두 끝나 있었다.

꽃집 먼저
오픈합니다

놓치기엔 너무 아까운 5월 꽃 대목

두 동의 건물 중 더 넓은 곳을 서점으로 정하고 작은 건물을 플라워 클래스룸 겸 작업실로 쓰기로 했다. 제주에서는 서점을 더 메인으로 해보고 싶었고, 서점 손님들이 꽃을 같이 살지, 얼마나 살지 모르니 꽃집은 예약 주문과 수업 위주로 하면서 융통성 있게 조절하기로 했다.

꽃집은 전통적으로 상반기에 벌어서 하반기를 버티는 구조다. 연말의 각종 연주회와 발표회, 졸업전시회, 시상식, 공연 축하 꽃다발부터 시작해서 3월까지 이어지는 졸업식&입학식과 승진, 퇴임 등의 인사이동 행사들, 그리고 4월엔 숨 돌릴 틈도 없이 샘플 작업을 미리 해놔야 어버이 날을 비롯해 로즈데이, 스승의 날, 성년의 날, 부부의 날처럼 꽃이 선물로 쓰이는 5월의 클라이맥스 시즌을 치를 수 있다. 그리고 이렇게 상반기가 정신없이 흘러가야 비로소 비수기라 불리는 여름~가을 시장을 조금이라도 상큼하게 맞이한다.

처음 꽃 일을 시작했을 때 정말 여름에서 가을까지는 눈을 씻고 찾아봐도 공식적으로 꽃을 살 만한 날이 하나도 없어서, 견우와 직녀가 만나는 음력 칠월칠석을 '해바라기데이'로 만들어 여름꽃인 해바라기를 선물하며 고백하는 날로 정하자고 혼자 여기저기 우겼었다. 꽃말은 여러 가지가 있지만 대부분 '일편단심'을 의미하므로 견우, 직녀 스토리랑도 딱 맞고 '빼빼로데이도 알고 보면 그렇게 생긴 건데 못 만들 건 뭐야'라고 생각했지만 슬프게도 이게 일개 플로리스트 혼자 우겨서 될 일은 아니었다.

어쨌건 일반적으로 꽃집의 4월은 태풍전야 같은 시기로, 비수기 전 마지막 피치를 올릴 준비를 하는 때다. 제주에 짐이 내려온 게 정확히 4월 11일이었으니 서울에서 꽃집만 할 때라면 가장 중요한 시즌 상품 기획으로 정신이 없어도 한창 없어야 할 시기였다.

상황이 이렇다 보니 서점과 꽃집을 같이 오픈하려던 계획을 바꿔 꽃집 먼저 오픈하기로 했다. 서점을 열려면 여러 가지로 준비할 게 많았는데 꽃집은 꽃만 수급하면 별다른 준비가 필요 없었다. 무엇보다 어버이 날을 비롯한 5월의 대목 시즌을 눈앞에서 놓친다는 게 마음에 걸렸다.

손님, 구경꾼, 응원군까지
모두 엉킨 꽃집 첫 달

4월 26일, 제주 내려온 지 2주 만에 디어마이블루 꽃집을 오픈했다. 간판도 없이 그냥 '꽃'이라고 쓴 A4용지를 액자에 넣어 앞에 세워두었다. 처음엔 절화(일반적으로 꽃시장에서 판매하는 뿌리가 잘린 꽃들)를 어디서 수급해야 할지 몰라 인터넷 검색으로 알게 된 부산의 경매시장에서 항공 택배로 꽃을 받았다. 분화(화분에 뿌리가 심겨 있는 꽃과 식물의 통칭)는 또 어디서 사야 하는지 몰라 역시나 인터넷 검색으로 제주 시내에 화원들이 몰려 있는 동네를 찾아냈고, 카네이션과 다육이들을 비롯한 작은 식물들을 사서 예쁘게 분갈이한 후 그럴싸하게 진열했다

시골 중에서도 깡시골인 '리' 단위 마을에 낯선 여자가 나타나 꽃집을 열었다니 호기심 가득 찬 동네 사람들이 제일 먼저 달려왔다. 마치 마루야마 겐지의《시골은 그런 것이 아니다》의 장제목 중 하나인 '심심하던 차에 당신이 등

장한 것이다'를 실감했다고나 할까.

　동네 개를 조심하라는 이웃집 아줌마부터 왜인지는 모르겠지만 그 아줌마를 조심하라는 또 다른 이웃집 여자, 그리고 나만 빼고 마을 사람이 다 안다는 전직 농협 주임을 소개해주겠다는 어떤 할머니(전직은 말하면서 지금은 무슨 일을 하는지는 얘기 안 해줌. 그리고 신기하게도 그 사람 나이를 알려주지도 내 나이를 묻지도 않았다), 주말이면 불쌍한 꽃집 여주인을 주의 어린 양으로 데려가고 싶은 교회 성가대 분들까지 늘 방문객은 손님 반, 손님 아닌 사람 반이었다. 간혹 인스타그램에서 알게 된 제주의 다른 가게 분들이 와서 인사를 건네거나 응원해주는 경우도 있었는데, 이런 분들은 100퍼센트 이주민이라서 서로 이주 경험담과 소소한 속내를 나누는 친구가 되기도 했다.

　제대로 꽃집 시스템을 마련할 새도 없이 5월 한 달은 소위 오픈 빨로 생각보다 바쁘게 지나갔다. 시골 꽃집이 그런 혜택을 누릴 수 있었던 것은 그나마 5월이 어버이 날을 비롯해 행사가 많은 달이었기 때문에 가능한 일이었다. 오픈 이벤트로 플라워 원데이 클래스를 저렴한 가격에 열었는데 외지에서 이주한 젊은 엄마들이 꽤 신청해서 그 덕에 여러 사람을 만날 수도 있었다.

디어마이블루를 제주로 이전해 열면서 가장 고마웠던 건 서울의 꽃공방 수강생들과 손님들이다. 5~6월에 걸쳐 멀리 제주까지 원데이 클래스라도 듣겠다며 와준 아름이, 정주, 새별이, 은주, 지숙이뿐만 아니라 해마다 어버이 날 꽃 주문을 디어마이블루에서 하던 한림 씨는 일부러 택배가 가능한 조화 상품을 골랐다. 해리 씨는 제주도에서 웨딩 촬영을 하는 사촌동생의 촬영 부케를 굳이 본인이 선물해야겠다며 주문하고 그걸 찾는다는 핑계로 찾아왔다.

제주에 수업을 들으러 온 서울 수강생들은 열이면 열 "아니 선생님, 제주에 언제 또 이런 걸 지으셨어요?" 하고 물었는데, "제가 지은 게 아니고 이 건물이 원래 여기 있었어요"라고 답하면, "아, 그럼 칠만 파랗게 하신 거예요?" 하고 되물었다. 제주 분 중에는 건물 모양이나 색깔이 특이한데 이름도 마침 '디어마이블루'라서 당연히 내가 건물을 지어서 가게를 연 걸로 오해하는 사람들이 있었지만, 이미 3년이나 디어마이블루를 알았던 사람들한테 그런 오해를 받을 정도로 건물과 브랜드 이미지가 딱 맞아떨어진다는 건 내심 기분 좋은 일이었다.

이렇게 서교동에서 꽃 선생님과 수강생으로 만난 사람들이 제주까지 와서 보내준 응원들은 모든 게 불확실했던 이주 초창기에 너무나 소중하고 큰 힘이 되었다.

제주 꽃서점
디어마이블루의 탄생

디마블을 알릴 기회가
행운처럼 다가오다

이주한 지 2주 만에 꽃집을 열고 신경 쓰느라 서점은 아예 정비를 시작하지도 못하고 있었다. 꽃집에 온 사람들이 옆 건물은 뭐냐고 물어보면 곧 서점을 열 거라고 한껏 홍보했지만 달라진 환경에 적응하느라 그랬는지 몸과 마음이 자꾸 처졌다.

그즈음 서울에서 인연이 있었던 북스피어 출판사의 김홍민 대표가 6월에 열리는 '서울국제도서전'에서 북스피어와 디어마이블루가 콜라보를 해보면 어떻겠냐고 제안을 해왔다. 구체적으로는 북스피어 부스에 꽃장식을 해달라는 거었다. 안 그래도 서점을 열기 전에 옛 회사 대표님들을 찾아뵙고 인사라도 드릴까 하던 참이었는데 일도 재미있을 것 같아 한번 해보기로 했다.

서울에 거처가 없는 상태에서 일을 준비하려니 불편하고 피곤하긴 했지만 서울국제도서전은 무사히 잘 끝났다. 자작나무 아치를 세워 꽃으로 장식한 북스피어 부스는 그해 최고의 화제이자 포토존으로 큰 인기를 누렸고, 여러 매체에서 이와 관련한 기사를 쓰면서 제주 꽃서점 '디어마이블루'도 같이 언급해주었다. 그걸 보니 빨리 서점의 실체를 선보여야겠다는 생각에 조바심이 났다.

그때 서울국제도서전에서 '여름 첫 책'이라는 기획으로 10권의 책을 선정했는데, 그중 하나가 북스피어에서 출간한 김탁환 작가님의 《이토록 고고한 연예》다. 나는 이 책의 친필 사인본을 예쁜 포장지로 포장하고 수제 드라이플라워 택을 달아 한정판으로 판매하는 걸 제안했고, 다행히 그 스페셜 에디션은 좋은 반응을 얻으며 완판되었다. 이걸 계기로 김탁환 작가님의 신작 출간을 기념한 '김탁환의 전국제패 시즌2'라는 동네 서점 강연 이벤트의 피날레를 디어마이블루에서 하게 되었다. 아직 문도 안 연 디어마이블루 입장에서는 이 강연이 오픈 기념 행사인 셈이었다.

공연, 강연, 음식 모두 연출이 필요해

행사에 맞춰 약 2주 뒤로 서점 오픈 날짜가 정해지자 해야 할 일 백만 가지가 한꺼번에 몰려왔다. 제일 먼저 서점에 책들을 입고해야 했다. 간판과 명함도 새로 만들어야 했다. 강연에 필요한 장비를 빌리고 행사 후의 손님들 식사도 준비해야 했으니 모든 게 고민거리였다. 무엇보다 이 행사를 어떻게 알리고 관객을 모을 수 있을지 전혀 감이 잡히지 않았다.

자고로 일이란 벌여놓고 수습하는 것이란 지론을 갖고 있던 나는 급한 것부터 하나씩 차근차근 해결하기로 했다. 우선 입고할 책들의 목록을 살펴서 도매상과 직거래가 가능한 출판사들에 주문을 넣고 책장과 가구들을 조립해서 배치를 끝냈다.

서점 간판도 시안을 잡아 시공 업체에 제작을 맡겼다. 건물 외벽에는 'keep your sensibility for yourself'라는 글자를 새겼는데, 간판이 행사 전날 저녁에서야 완성되어서 하마터면 간판도 없이 오픈 행사를 치를 뻔했다. 명함도 주소를 바꿔서 새로 발주를 넣었다. 이런 소소한 일을 내가 직접 다 했다는 건 시간과 비용을 절약한 반면 어쩔 수 없이 몸은 계속 축났다는 뜻이다.

다음으로는 행사의 판을 짰다. 김탁환 작가님의 《이토록 고고한 연예》가 조선 시대 수표교 거지 패의 왕초였던 광대 달문을 주인공으로 하고 있으니 뭔가 신나는 마당극 분위기가 반영되면 좋을 것 같았다. 우리는 야외 공간이 있다는 게 큰 장점이었으므로 이 점을 최대한 활용해 행사는 야외에서 무료로 진행하기로 하고, 공연과 강연이 어우러진 '북 콘서트'로 가닥을 잡았다.

서교동 디어마이블루 시절, 공방 옆 공간을 연습실로 쓰던 국악 연주 팀이 있었는데, 거기 대표이자 대금 연주자인 민소윤 감독님은 영화 〈워낭소리〉 등 다양한 예술 장르에서 음악 감독으로 활약한 분이었다. 3년을 이웃사촌으로 가깝게 지내던 민 감독님께 연락을 드려 대략적인 북 콘서트의 콘셉트를 설명한 다음 도움을 청했다. 감독님은 여기에는 정통 국악보다 퓨전 느낌이 더 어울릴 것 같다며 유명한 퓨전 창작 국악 연주 팀인 '연희별곡'과 가야금 병창 김지현 님을 모시고 제주로 날아오셨다.

공연도 있고 강연도 있고 독자의 질의응답도 진행해야 하니 사회자가 필요했다. 최고 비싼 호텔에서 뷔페를 10번 사도 몸값이 부족한 절친한 후배, YTN의 김여진 아나운서가 기꺼이 사회를 봐주겠다고 했다. 그녀는 베테랑 아나운서답게 갑작스런 연락에도 김탁환 작가님의 책을 다 읽고 와서 매끄러운 진행을 선보였음은 물론이고, 다음 날 출근 때문에 새벽 첫 비행기로 올라가야 했음에도 신발과 의상까지 따로 준비해와서 나를 감동시켰다.

조명과 의자 등의 집기는 인터넷 검색으로 알아보고 대여했다. 편하게 하려면 돈이 좀 들어서 그렇지 준비 못 할 이유는 하나도 없었다.

관람객을 모으는 건 블로그와 인스타그램을 이용했는데, 블로그에 올린 글이 포털 사이트의 지역 행사 소개 페이지 메인에 오르면서 문의와 신청이 확 늘어났다.

행사가 끝난 저녁 8시면 식당들이 다 문을 닫은 후라 저녁 식사는 음식을 따로 준비해 뒤쪽 마당에서 관계자들만 막걸리 파티를 하기로 했다. 일반 독자 중 원하는 사람은 식사와 술이 제공되는 만큼 유료로 참석 가능했다. 뒤풀이 음식은 이 행사에 동네 사람들이 함께한다는 느낌을 주고 싶어서 모두 제주 와서 알게 된 사람들의 도움을 받았다. 서점 오픈 날이자 북 콘서트 날이 7월 17일이었으니 제주에 내려온 지 겨우 3개월 남짓이었지만 꽃집을 빨리 열었던 탓에 어느 정도 동네 사람들과 친분이 생겨서 가능한 일이었다.

시원한 음료는 '제주 유랑'이라는 커피 트럭이, 저녁 도시락은 제주에서의 첫 플라워 클래스 수강생이었던 근처

카페 겸 펜션, '플루메리아'의 주인이 맡아주었다. 막걸리 파티의 안주인 파전 등은 동네에서 알게 된 동생들이 와서 즉석에서 부쳐주었고 주류와 음료수는 커다란 대야에 얼음을 가득 채우고 넣어두어 누구나 마음대로 가져다 먹을 수 있게 했다.

답례품도 있었다. 애월의 핸드 드립커피 맛집인 '제레미'의 시그니처 라테인데 한 개씩 예쁜 유리병에 포장해 20개를 준비했다. 원래 하루에 5개만 한정 생산하는데 특별히 이 행사를 위해 만들어주셨다.

꽃서점이니만큼 꽃장식도 준비했다. 원래는 서울국제 도서전에서 선보였던 꽃 아치를 설치해서 포토존을 한 번 더 선보이고 싶었는데, 도저히 이걸 작업할 여력까지는 생기지 않았다. 그래서 생화를 사다가 서점 내부를 꾸미고 강연 테이블에 올려두는 정도로 만족해야 했다.

마지막으로 김탁환 작가님을 위한 선물로 《이토록 고고한 연예》의 여주인공이라 할 수 있는 기생 운심의 인형 브로치를 제작했다. 예전에 제주를 여행할 때 우연히 서귀포시 수망리에 있는 채정은 인형 작가님의 카페 겸 작업실을 들어간 적이 있었는데 작품들이 너무 아름다워서 기억하고 있다가 이번에 작품 제작을 의뢰 드린 것이다.

주로 서양 귀부인 인형을 제작하는 채 작가님은 처음에 조선 시대 기생을 만드는 것에 난색을 표하셨다. 한 번도 만들어본 적이 없다며 가체머리 장식이나 복식 등을 어떻게 구현해야 할지 고민된다고 하셨다. 하지만 완성 작품은 누구나 탐낼 정도로 정교하고 화려하면서도 예뻐서 그날 참석한 모든 사람이 가장 탐내는 아이템이 되었다. 김탁환 작가님도 무척 마음에 들어 하시며 행사 내내 가슴에 운심 브로치를 달고 계실 정도였다.

이런 험난한 준비 과정을 거쳐 드디어 2018년 7월 17일, 이 책의 주인공 디어마이블루가 제주 꽃서점으로서 첫발을 내딛게 되었다.

지역 출판을 위한
전초 기지라는 꿈

파티는 끝났고 지금부터 실전이야

모든 인맥과 경험과 지식과 영혼까지 갈아 넣어 준비한 디어마이블루의 오픈 행사이자 북 콘서트는 아무 문제 없이 잘 끝났다. 사실 잘 끝난 정도가 아니라 기대 이상으로 너무나 성황리에 마무리되었다.

혼자서 모든 걸 준비해야 했던 터라 행사 날 전까지 하루하루가 계속 긴장 상태였는데, 막상 준비 전날과 행사 당일 이틀의 시간은 허무하리만치 짧게 압축되어 폭풍같이 지나갔다. 다들 병나지 않았냐고 걱정했지만 타지에 혼자 살면서 아픈 것만큼 서러운 게 없을 것 같아 몸은 딱 아프지 않을 정도까지만 무리했다. 문제는 마음이었다.

첫 번째는 각오는 했지만 북적이던 공간이 순식간에 텅 비며 허해진 귀퉁이였다. 제주에 내려오고 나서 가장 많은 사람이 모인 자리였다. 멀리서 와준 고마운 사람들은 행사가 끝난 다음 날 다들 또 멀리 돌아갔다. 비행기를 타고 오가는 거리인지라 빈말이라도 "조만간 만나 밥이나 먹자" 소리도 못 하고 그저 "고맙다"만 남발할 수밖에 없었다. 디어마이블루는 이제 시작인데 행사 후유증으로 마음에는 '끝'이 더 크게 남은 것이다. 모드 전환이 시급했지만 어쩔 수 없이 마음은 며칠 앓았던 것 같다.

두 번째로는 좀 더 근본적으로, 디어마이블루를 어떻게 꾸릴 것인가에 대한 고민이었다. 하고 많은 가게 중에 '서점'을 선택하면서부터 시작된 고민이긴 하지만, 간판도 명함도 없이 꼭꼭 숨어 "여긴 뭐 하는 데예요?" 하고 물으면 "서점 할 거예요"라고 말로만 떠들 때와 실체가 드러난 이후의 고민은 분명 무게가 다른 것이다.

하필 오픈 직전에 소위 잘나가던 육지 동네 서점들의 고전과 폐점 소식을 다룬 기사를 보면서 마음은 더 무거워졌다. 그래서 오픈 날 행사를 마치고서 갖게 된 유일한 목표이자 바람은 언젠가 이곳을 닫는 날이 온다면 그것은 이곳을 떠나고 싶은 나의 의지이지 어쩔 수 없는 상황에 떠밀려서는 아니었으면 좋겠다는 거였다. 지금부터는 엄살도 사치일 시간들이 기다리고 있었다. 원하는 방향으로의 생존은 무엇보다 중요한 문제이며, 그동안 고민하며 준비해온 나의 방식이 먹힐 것인가가 드디어 시험대에 오르는 것이다.

사람과 콘텐츠를 모으는 베이스캠프

사실 디어마이블루 서점은 출판을 위한 전초 기지로 기획되었다. 출판은 북카페도 북스테이도 아닌 순수 서점이 가질 수 있는 또 다른 수익 구조의 일환이자 출판 기획자 출신인 내가 가장 잘할 수 있는 일이었다. 제주에서 하는 만큼 제주에 꼭 필요하면서 제주만의 가치와 색을 담아내는 책을 만들어 나의 마켓에서 팔아보고 싶었다.

일단 나 자신이 그동안 책을 만들기만 했지 필드에서 팔아본 적은 없으니 서점이란 공간에서 사람들한테 어떤 식으로 책을 소개하고 팔 수 있을지 경험을 쌓기로 했다. 또한 지역 콘텐츠로 책을 만들었을 때 어느 정도 팔 수 있을지 가늠하는 기준도 필요했다. 무엇보다 콘텐츠를 모으고 사람을 찾기 위한 밑 작업 공간으로서 서점은 출판사보다 훨씬 더 매력적이고 접근성 면에서도 유리했다.

모든 일이 그렇겠지만 책은, 특히나 책을 만든다는 건

결국 사람이 전부라고 생각한다. 그렇기에 궁극적으로 좋은 책을 만들기 위해선 제주에서 같이 일할 사람들을 찾고 모으고 노는 베이스캠프를 만들 필요가 있었다. 제주에 사는 책을 좋아하는 사람들이 무슨 생각을 하는지 알고 싶었고 자기만의 이야기를 가진 사람, 글을 잘 쓰는 사람, 말을 잘하는 사람, 재미있는 사람, 감성이 뛰어난 사람, 손재주가 많은 사람 등등 무엇이든 자기 것을 갖고 있는 다양한 사람들을 만나고 싶었다.

이런 의도가 있었기에 약간 무리하더라도 서점 오픈을 크게 알리는 방식을 선택했다. 모든 서점이 처음 문을 열면서 우리처럼 거창하게 행사를 하진 않을 것이다. 오픈 이벤트로 김탁환 선생님 같은 분을 모시고 이런 북 콘서트를 진행한 것을 두고 내가 출판계 출신이었기 때문에 가능했으리라 생각하는 사람도 있을 것이다. 하지만 출판계에 있었다고 해도 이미 떠난 지 5년째였고 이런 행사를 혼자 기획해서 진행하는 건 나 역시 처음이었기에, 이제 와 고백하자면 정말 막막했다. 그것도 모든 것이 낯선 제주였으니 더했다. 그래도 이것은 나에게 필요한 일이었기에 어떻게든 되게끔 한 것이다.

결과적으로 디어마이블루 서점의 오픈 행사가 아무 연고도 없던 제주에서 나를 알리고 책으로 만들 콘텐츠와 같이 일할 동지를 찾는 데 큰 역할을 했음을 부정할 수 없다. 북 콘서트 날 오셨던 손님 중 제주 사람들은 모두 처음 만나는 분들이었는데, 이분들 중 상당수가 지금은 함께 일을 도모하는 동지이자 친구가 되었기 때문이다. 이 오픈 행사 한 방으로 너무나 훌륭한 독서 모임 멤버들을 만났고 그날 오셨던 기자 분의 권유로 한라일보에 3년째 칼럼을 연재하고 있으며, 디어마이블루를 소개하는 방송을 찍기도 하고, 올해는 제주도정소식지의 편집위원장이 되기에 이르렀다. 만약 디어마이블루가 출판사로 먼저 시작했다면 그 궤적이 이와는 완전히 달랐을 거다.

처음부터 어떤 서점이 될 것인지, 서점의 목표 지점이 무엇인지가 분명했기에 순수 독자들뿐만 아니라 업계 사람들에게도, 저자들에게도, 제주에 있는 출판계의 숨은 고수들에게도 알려질 필요가 있었다. 아직 과정 중이지만 디어마이블루는 꾸준히 제주에 필요한 콘텐츠를 모으고 기록하는 일들을 하고 있다. 그 결과물이 이곳에서 선한 영향력을 행사할 날이 올 때까지 디어마이블루의 출판에 대한 꿈은 늘 현재 진행형이다.

동네 서점
실무 가이드

이쯤에서 동네 서점을 시작하려는 생초보분들에게 실질적인 팁이 될 만한 얘기들을 해보기로 하겠다. 나의 경우에는 서울 꽃공방을 이전 확장한 것이기에 실무 부분에서 처음 서점을 여는 사람보다 부담을 상당 부분 덜었다. SNS는 이미 하고 있었기에 자연스럽게 이전 소식과 오픈 과정 등을 올릴 수 있었는데, 서점이든 뭐든 본인만의 가게를 열길 원한다면 SNS는 기본 중의 기본이다. 다양한 채널이 있지만, 본인의 타깃층과 잘 맞고 잘할 수 있는 한두 개만 집중해도 괜찮다고 생각한다. 특히 동네 서점의 경우엔 입고 문의나 작가들과의 소통, 출판사와의 제휴 등 생각보다 많은 일이 SNS에서 이루어진다.

사업자등록과 결제 시스템

디어마이블루는 사업자등록증의 경우 주소지를 바꾸고 업종만 추가하면 되었다. 꽃집(꽃)과 서점(도서)은 둘 다 면세 대상 사업이다. 즉 부가가치세를 부과하지 않는다는 의미이다. 하지만 디어마이블루는 꽃집으로 시작할 때부터 면세와 과세를 겸하는 겸업사업자이자 일반과세자로 사업자등록증을 내었다. 그리고 통신판매업 신고까지 모두 한꺼번에 완료했다. 나중에 이 브랜드로 무슨 일을 더 하든지 간단하게 업종만 추가할 수 있도록 한 것이다.

사업자등록증을 신청할 때 면세사업자, 과세사업자, 겸업사업자냐와 간이과세자냐 일반과세자냐는 하고자 하는 방향에 따라 달라지기에 잘 생각해서 결정하길 바란다. 서점만 할 경우 면세사업자로 등록해도 상관없지만 면세사업자가 나중에 과세 품목을 추가하려면 '사업자등록증 정정 신청'을 해야 하고 사업자등록번호가 바뀌게 되어 번거로운 일들이 발생할 수 있다. 이때 기존의 면세사업자는 자동 폐업이 되지만 연속 사업자라서 개업 일자는 같다. 찾아봐도 무슨 말인지 잘 모르겠다거나 어떤 선택을 하는 게 나을지 판단이 안 선다면 비용이 들더라도 세무사를 찾아가서 꼼꼼하게 상담을 받길 추천한다. 참고로 서점에서 굿즈나 소품을 비롯하여 책 이외의 다른 상품도 팔 생각이라면 당연히 면세사업자로만 사업자등록증을 내서는 안 되고, 과세와 면세를 같이 할 수 있는 겸업사업자로 사업자등록을 해야 한다.

사업자등록증을 낸 다음에는 사업자 통장과 카드를 만든다. 개인사업자의 경우 따로 만들지 않고 원래 쓰던 본인 통장을 그냥 쓰기도 하는데, 요새는 동네 서점들이 온라인 스토어로도 많이 진출하는 추세이고 혹시 모를 계산서 발행 시에도 기업용 공인인증서가 필요하니 별도로 만드는 것이 좋다. 도서관 납품이나 정부의 작은 서점 관련 지원 사업, 기타 지출 증빙을 위해서도 사업자용 통장과 카드가 필요하다.

서점은 하나의 상점이기에 결제 시스템을 갖추는 것도 중요하다. 제일 많이 쓰는 카드 단말기 설치에는 3가지 방법이 있는데, 임대해서 매월 관리비를 내거나, 직접 구입해서 설치하고 관리비를 내지 않거나, 임대를 하되 한 달에 일정 건수 이상을 약속하고 관리비를 내지 않는 것이다. 각각의 장단점이 명확하고 업종에 따라 필요 단말기에 차이가 있으므로 이 부분 역시 선택일 수밖에 없다. 많은 정보가 인터넷에 있으므로 역시 꼼꼼히 알아보고 선택하되 하나만 기억하도록 하자. 사업을 시작할 때 어떤 부분이든 돈을 쓰면 쓴 만큼 몸과 머리는 편해진다.

도서 입고 방법의 두 가지,
도매상과 출판사 직거래

가장 기본적인 사업자등록증과 결제 시스템이 완료되었다면 이제 책을 입고해야 한다. 동네 서점에서 상업 출판물을 들이는 방식은 크게 도매상을 통하거나 직거래로 출판사에서 받는 두 가지가 있다. 독립 출판물의 경우에는 아예 접근법이 다르므로 따로 얘기하겠다.

출판사는 책을 출간하면 전국에 있는 모든 서점에 일일이 보낼 수가 없으므로, 대형 서점과 인터넷 서점을 제외하고는 대부분을 도매상이나 총판에 일괄로 배송을 맡긴다. 도매상은 수많은 출판사의 책들을 관리하면서 전국의 소매 서점에서 주문을 받아 책을 보내주는 대신 중간 마진을 떼게 되는데, 이 부분 때문에 같은 책을 팔아도 대형 서점이나 온라인 서점, 동네 서점들의 수익에 차이가 생기는 것이다.

속내는 더 복잡하지만 쉽게 설명하기 위해 산술적인 예를 들자면, 출판사에서 정가 10,000원짜리 책을 똑같이 대형 서점과 인터넷 서점과 도매상에 6,500원에 공급한다고 해도, 도매상은 자신들의 유통 마진을 떼고 소매 서점에 책을 주기 때문에 우리 같은 동네 서점들은 최종적으로 7,000원이나 7,500원에 공급받는다. 제주 서점들의 경우 육지와의 물류비 차이로 보통 조금 더 높은 마진이 책정된다. 그렇다면 동네 서점들도 출판사와 직거래를 해서 6,500원에 들여오면 되는 거 아니냐 생각하겠지만, 현실적으로 쉽지 않은 부분이 있다.

출판사 입장에서 보자면 대부분의 동네 서점들이 한 번에 주문하는 책의 종류나 수가 많지 않으니 배송비까지 물어가며 일일이 보내는 것도 일이고 혹여 반품이라도 들어오게 되면 괜한 정산 업무만 늘어나는 셈이다. 서점 입장에서도 한 곳에서 여러 출판사의 책들을 주문할 수 있고, 소량 주문해도 부담이 없으며, 반품해도 정산 관리가 쉽고 배송도 빠른 도매상의 장점을 무시할 수 없다. 그래서 출판사 직거래는 양쪽 모두의 이해관계가 잘 맞아야 서로 상생 효과를 누릴 수 있다.

동네 서점이 도매상을 통해 책을 받을 때는 도매상마다 거래 조건이 다 다르다. 처음에 보증금으로 일정 금액을 요구하는 곳도 있고 주문 부수를 몇 부 이상으로 정해놓은 곳도 있다. 반품 조건이나 배송비 유무에도 차이가 있다. 서점의 위치, 규모, 방침에 따라서 세부적인 내용이 달라지기도 한다. 막상 거래하려고 보니 그 도매상이 내가 찾는 출판사 책은 취급하지 않는 경우도 있다. 절대로 일괄적이지 않으므로 일일이 알아보고 비교해보고, 필요하다면 복수의 도매상과 거래하는 것도 가능하다.

최근의 가장 주목할 만한 변화라면 대형 인터넷 서점의 도매 시장 진출일 것이다. 이미 구축해놓은 물류 시스템의 장점을 십분 활용하여 작은 서점에게 도매상과 같은 서비스를 제공하는 것인데, 그 편의성 때문에 육지에서는 점점 확산하는 추세이다.

상업 출판과 다른 독립 출판물 입고

만약 독립 출판물을 입고하길 원한다면 독립 출판물을 소개하는 마켓에 참가하여 제작자들을 직접 만나거나 마음에 드는 독립 출판물들을 구입해서 그 안에 있는 연락처를 통해 제작자에게 입고 요청을 할 수도 있다. 서점을 열면 원하든 원하지 않든 의외로 많은 입고 희망 메일을 받게 될 것이니 그중에서 선별할 수도 있다.

하지만 독립 출판물은 상업 출판물에 비해 보다 엄격한 검증이 요구되고 일일이 제작자와 직거래 계약을 해야 해서 책 관리나 정산, 반품 등에 번거로움이 더 많다.

출판사나 도매상에서 책을 입고할 경우에는 당연히 계산서 발행이 필수이므로 매입 증빙에 신경 쓸 필요가 없지만, 출판 등록이 되어 있지 않은 독립 출판물 제작자의 책은 매입 증빙이 어렵다는 단점도 있다. 이러한 문제 해결을 위해 독립 출판물 제작자와 서점을 연결해주는 인디펍(https://indiepub.kr)이라는 독립 출판물 전문 유통 사이트가 생겼는데, 독립 출판물의 입고를 적극적으로 고려하고 있다면 이곳을 참고해도 좋겠다. 본인의 서점에서 상업 출판물과 독립 출판물의 비율을 어떻게 두느냐에 따라 서점의 색깔이 확연히 달라지니, 이 부분은 처음 서점을 열 때부터 충분히 고려해야 한다.

면세사업자와 겸업사업자의 세금 신고

세금 신고는 사업자등록을 어떻게 하느냐에 따라 신고 시기와 방법이 달라진다. 면세사업자는 1년에 한 번, 다음 연도 2월에 사업장 현황 신고라는 걸 하고 과세사업자는 1년에 두 번, 7월(1기 확정)과 다음 연도 1월(2기 확정)에 부가가치세 신고를 한다. 특히 우리 같은 겸업사업자의 경우 매출과 매입을 면세와 과세로 구분해야 하고, 예외는 있지만 임대료와 같이 면세와 과세에 공통으로 사용되는 부분은 과세 매출액과 면세 매출액이 차지하는 비율로 안분 계산하는 다소 복잡한 과정을 거친다. 그래서 디어 마이블루는 사업자등록을 한 2015년부터 지금까지 매출, 매입 기장은 내가 하고 신고만 세무사 사무실에 대행을 맡겨 왔다. 일반과세자라 1년에 두 번을 신고하니 두 번의 대행을 맡기는 셈이다. 사업의 구조가 보다 간단하다면 홈택스를 통해 혼자서도 충분히 할 수 있고 세무서에 직접 가서 도움을 받을 수도 있으니 처음부터 너무 걱정하지 않아도 된다.

동네 서점이 단순히 서점으로서만이 아닌 워낙 다양한 형태로 존재하다 보니 사업자의 형태도 다양할 수밖에 없다. 이 책이 본격 창업 가이드북은 아니기에 모든 경우의 수를 다 다룰 순 없지만 대략적인 프로세스를 이해하는 데 조금이라도 도움이 될 만한 내용들로 정리했다. 서점의 실제 운영에 있어 필요한 부분들은 앞으로 우리 서점의 운영 방침을 설명하면서 차차 더 다루도록 하겠다.

반품은 절대로
하지 않아요

　나는 옷을 살 때 규칙이 하나 있다. 새 옷을 하나 사면 가지고 있던 옷 중 두 개를 버리는 것이다. 다른 거 살 땐 안 그러는데 옷은 충동구매하는 경향이 있어서 몇 년 전부터 정한 규칙이다. 나름 저 규칙 이후로는 충동구매도 덜 하게 되고 새 옷을 살 때마다 손이 잘 안 가는 옷들은 저절로 정리되어서 아주 만족스럽다. 그럼에도 불구하고 아직도 사계절 내내 입을 옷들이 차고 넘친다. 계절이 하나나 둘이었다면 좀 더 심플했을 텐데. 아무튼 헌 옷이나 안 입는 옷들은 더 빨리 정리해서 하나 살 때 하나만 버리는 1대1 매치를 만드는 게 목표다.

　같은 맥락으로 우리 서점에 책을 들일 때 세운 규칙이 하나 있다. 한 종의 책이 다 팔려야지만 그 자리에 새로운 책을 들여놓을 것. 이것은 한 번 들인 책은 책임감을 갖고 끝까지 다 팔고 단 한 권도 절대로 반품하지 않는 서점이 되기 위해 정한 규칙이다.

고스란히 출판사의 손해로 돌아가는 반품 책들

보통 서점에서 책을 입고할 때는 크게 위탁 판매와 현매로 나누어진다. 간단하게 설명하면 위탁 판매는 일단 책을 들인 후 판매한 금액만큼만 대금을 지불하고 나머지는 반품하는 구조라고 생각하면 된다. 반면 현매는 처음부터 들여오는 책 권수만큼 대금을 모두 지불하고 책을 사오는 것이다. 물론 파본이라든지 배송 과정에서 훼손이 있을 수도 있기에 현매로 가져왔어도 일정 부분 반품할 수 있고, 이럴 경우 추후 책을 재주문할 때 반품분 정산을 거쳐 다시 계산하게 된다.

보통 동네 서점은 도매상이든 직거래 출판사든 협의에 따라 둘 중 한 가지 방식이나 두 가지 방식을 병행해서 책을 들인다. 매번 입고한 책을 다 판매한다면 아무 문제가 없겠지만, 문제는 항상 책이 팔리는 속도보다 신간이 나오는 속도가 더 빠르다는 것이다. 이미 입고해서 팔아야 할 책이 쌓여 있는데 계속 입고하다 보면 어느 순간 공간이 포화 상태가 되고 결국 진열되어 있던 책 중 일부를 반품해야 하는 상황을 맞는다. 이렇게 반품하면 반품한 책들은 지불 대금에서 빼버리면 되니 서점은 손해를 최소화하면서 계속 책을 채울 수 있다. 동네 서점이 문을 닫을 때도 마찬가지다. 거칠게 얘기하자면 그동안 안 팔려서 쌓인 책들은 최대한 반품해버리면 그만이다.

그렇게 반품한 책들은 어디로 가느냐. 다시 출판사로 돌아간다. 그리고 거의 폐기 처분이 되기에 그 손해는 고스란히 출판사의 몫이 된다.

택배로 왔다 갔다 하는 과정에서 흠집이 생긴 책이나, 오랜 시간 서점에 진열되어 사람들의 손을 타거나 망가진 책들도 모두 반품이 가능하다. 이게 무슨 소린가 싶겠지만 긴 시간 동안 이런 방식의 유통 구조가 당연하게 자리 잡은 출판계에선 관행처럼 반품을 받아준다.

출판사에서는 책을 출간하면 도매상이나 대형 서점 영업을 통해 초도 주문을 받는데, 이 주문 부수는 실 판매 부수가 아니다. 베스트셀러 작가의 책이나 화제성이 있는 일부 책을 제외하고는 늘 반품을 각오해야 한다. 출판사에 근무하면서 그러한 반품 책들에 회의가 가득했던 나는 서점을 열면서 가장 먼저 생각한 게 절대로 반품은 하지 말자는 거였다.

소중히 고른 책들을 끝까지 팔고 싶은 마음

우선 도매상이든 직거래 출판사든 모든 거래는 100퍼센트 현매로만 하고 반품은 하지 않는 걸 원칙으로 세웠다. 다시 말하면 우리 서점에 들인 책은 무조건 비용을 지불하고 사와서 다 팔겠다는 거다. 이렇게 되면 추후 정산이라는 과정과 반품할 책들을 고르고 포장해서 다시 택배로 보내는 과정이 필요 없어지니 나로서는 일 하나를 더는 셈이기도 했다.

파본이나 오배송의 경우가 생긴다면 어쩔 수 없겠지만 다행히 4년 차가 되도록 파본 책이 나온 적은 한 번도 없었다. 내가 주문한 것과 다른 책이 배송된 경우는 두 번이 있었지만 시리즈로 출간된 책 중에서 다른 호수가 잘못 온 거여서 그냥 판매했다. 즉 아직은 어떤 이유로도 반품한 적이 한 번도 없다.

서점이 어느 정도 알려진 뒤에는 출판사들이 오히려 위탁 판매를 제안하는 경우도 있는데, 절대로 위탁 판매는 하지 않는다. 위탁 판매를 하게 되면 팔아도 그만, 안 팔아도 그만이라는 생각으로 그 책을 소홀히 대하게 될까 봐 싫기도 하고, 내가 팔 자신이 없는 책은 아예 진열도 하지 않는 게 맞는다고 생각한다. 출판사 입장에서는 자리가 없는 것도 아닌데 책 한 권 더 두는 게 뭐 큰 문제냐고 생각할 수도 있다. 가끔은 안 팔려도 좋으니 진열만 해달라고 말하는 곳도 있다. 하지만 '절절히 팔고 싶은 책' 사이에서 굳이 '안 팔려도 좋은 책'을 내가 왜 독자에게 읽으라고 해야 할지 스스로 딜레마에 빠지게 될 터였다.

책이라는 건 정말 알 수가 없어서 누군가에겐 인생 책이 누군가에겐 쓰레기이기도 하고, 누구는 재밌게 읽었다는 책을 누구는 재미가 없어서 20페이지도 못 읽었다고 하기도 한다. 책 한 권, 한 권의 세계는 그걸 읽는 사람의 경험치와 가치관과 책을 고를 당시 상황과 기분 등 모든 것이 맞아떨어져야만 비로소 빛을 발하는 것이므로, 어떤 책이든 서점에 있으면 언젠가는 그 세계를 알아보는 독자를 만나기 마련이다.

그런 사실을 잘 알고 있지만 난 기본적으로 내가 선정하지 않은 책은 단 한 권도 진열하고 싶지 않다. 우리 서점에 들인 책들은 모두 정말 잘 소개하고 파는 서점 주인이고 싶기 때문이다. 독자와 가까이 있는 동네 서점 주인으로서 내가 해야 할 일은 그것뿐이다. 물론 어려운 일이고 내 맘같이 안 되는 일이지만 서점을 하는 한 절대 놓치지 말아야 할 부분이라고 생각한다.

시골 동네 서점에
누가 올까

지인 찬스도 못 쓰는 시골 가게

　서울에 살 때는 약속과 약속 사이 시간이 뜨거나 특별히 할 일이 없을 때 서점에서 책 구경을 하곤 했다. 그러다보면 반드시 사고 싶은 책이 한두 권은 있기 마련이었다. 대형 서점뿐만 아니라 작은 동네 서점도 천천히 둘러보면 살 책이 한 권은 있었다.

　반면 제주의 동네 서점은 빈 시간이 생긴 틈에 들어갈 위치에 있는 곳이 거의 없다. 운이 좋아 우리 서점은 차를 이용하든 뚜벅이로 다니든 지나가다 우연히 발견할 수도 있는 장소에 자리 잡게 되었지만, 대부분은 목적지를 찍고 일부러 방문해야 한다.

그래서 처음엔 서울처럼 오다가다 들르기도 어렵고 대중교통 접근성도 떨어지는 이곳에 사람들이 얼마나 찾아올 것인지가 큰 걱정이었다. 해안도로와 매우 가깝지만 안쪽으로 들어와 있어 바닷가 쪽에서 보이진 않고, 서점 앞 마을 도로는 큰길이 아니라서 하루에 차들이 얼마나 다니는지 전혀 알 수 없었다. 아무리 책이 안 팔리는 시대라고 하지만 일단은 누구라도 와야 책을 팔든 말든 할 텐데, 상권 분석 같은 걸 해서 얻은 곳이 아니다 보니 이 지역이 어떤 곳인지 정보가 없어도 너무 없었다.

오픈 행사였던 북 콘서트가 큰 홍보 아니었냐고 생각할 수 있겠지만, 서점은 업종 특성상 "저기 서점이 새로 생겼다는데 가서 책이나 한 권 살까?"로 접근되는 형태가 아니다. 요식업처럼 사람들이 오픈한 걸 알고 일부러 찾아온다고 그에 비례해 매출이 늘어나는 게 아니라는 뜻이다. 만약 서울이라면 지인이나 친구들이 방문해 우정 구매를 해줄 수도 있겠지만, 연고도 없는 곳에 생뚱맞게 서점을 열어놓으니 그런 것도 기대할 수 없었다.

서점 손님 아니고, 그냥 손님

그런데 막상 서점을 여니 신기하게도 사람들이 왔다.

생각보다 많이 왔다. 문제는 서점에 찾아올 정도로 책을 좋아하거나 관심 있는 사람들뿐만 아니라 말 그대로 그냥 사람들이 많이 왔다는 거다. 지나가다 우연히 들를 수도 있는 위치라는 것은 양날의 검이 되었다.

디어마이블루가 일반적인 북카페라거나 여러 가지 소품을 같이 파는 서점이었다면 우연히 들른 손님들에게도 선택의 여지가 있었을 거다. 하지만 오로지 책만 파는 곳이라고 얘기하면 마치 못 올 곳에 온 것처럼 바로 나가버리는 손님들도 있었다. 간판에 분명 'Book shop'이라고 되어 있음에도 불구하고 내가 원하는 '그냥 서점'의 모습으로 인식되도록 하는 데는 늘 많은 설명과 시간이 필요했다 (사실 아직도 종종 필요하다). 지금은 많이 달라졌지만 처음 서점을 연 2018년만 해도 사람들은 동네 서점과 대형 서점을, 도서관과 동네 서점을, 북카페와 동네 서점을 전혀 구분하지 못하는 것처럼 보였다. 여기에 '제주'라는 특성까지 더해져 관광지와 서점을 구분하지 못하기도 했다.

꽃집을 같이 한다는 걸 알리기 위해 초창기에는 생화도 같은 공간에 두었지만 꽃 손님은 또 다른 문제였다. 꽃이야말로 목적 구매가 훨씬 강한 품목이었다. 5월 시즌이 지나가자 꽃 주문은 현격히 줄었다. 오다가다 우연히 들어온 가게에 꽃이 있다고 해서 필요하지도 않은데 사가는 손님도 극히 드물었다. 서점을 열고 초반엔 사람들이 들어왔다 아무것도 사지 않고 나가는 상황을 계속 겪으면서 우리나라에서 뭐가 더 안 팔리나 궁금해서 내가 꽃과 책을 같이 파는 꽃서점을 열었나란 생각이 들기도 했다.

생화는 팔리지 않으면 그대로 버려야 한다. 남는 꽃들은 한 송이씩 포장해서 책 구매 손님들에게 나눠주기도 했지만 계속 그렇게 할 순 없었다. 일반적인 생화의 판매 패턴과 추이를 지켜본 결과 서점은 조화와 식물 위주로 장식하고 생화 상품은 원래대로 예약 주문만 받는 걸 고수하게 되었다.

그래도 책을 팔 수 있겠다는 희망

초반 한 달 동안 서점에 방문한 손님들을 분석해보니 90퍼센트는 서점이 '새로 생겼다'고 인식하지 않고 그냥 온 사람들이었다. 약 10퍼센트 정도만 '디어마이블루라는 서점이 생겼다니 가봐야지' 하고 작정하고 찾아온 사람들이었고(제주도의 동종 업계거나 출판 업계 관련자이거나 디어마이블루 인스타그램 친구 정도), 나머지 90퍼센트 중 반 정도는 정말 지나가다가 건물이 눈에 띄어서, 나머지 반 정도는 찾기는 찾아서 온 거지만 서점을 검색했다가 제일 가까워서 왔다는 케이스였다. 디어마이블루가 생긴 지 한 달이 채 안 되었고, 오픈 때 무슨 행사를 했었고, 꽃집을 같이 하고, 우리 서점에 어떤 원칙이 있고 같은 건 아예 모르고 온 경우가 대부분이었다는 거다.

서점은 일부러 찾아오는 곳이라고 생각했던 나에게 별 정보 없이 그냥 오는 손님들이 압도적으로 많다는 건 무척 의외의 상황이었다. 물론 오픈 초기라 우리 서점에 대한 정보가 없어서 더 그랬겠지만 그것이 한편으로는 다행스럽게 느껴졌다. 알고 오는 사람이 적었다는 건 그만큼 책을 좋아하는 사람들에게 알려질 여지가 더 많다는 뜻이기도 했으니까. 그냥 와본 손님들이 대부분이었음에도 방문객 중 반은 책을 구입했다는 점도 나름 희망적인 부분이었다. 확실히 서울보다 제주에서 '서점'이라는 공간의 특수성이 더 매력적으로 작용하는 걸 확인할 수 있었다.

물론 이후 서점이 자리 잡기까지 몇 달 동안은 아름답지 않은 손님들과 예기치 못한 돌발 상황들과 서점의 규칙을 다듬어나가는 험난한 과정이 있긴 했다. 그래도 손님이 하루에 얼마나 올지, 시골 서점에서 하루에 몇 권이나 책을 파는 게 가능할지 의문이 많았던 나에게 한 걸음 더 나아갈 수 있겠다는 희망을 갖게 해주기에 충분했다.

동네 서점이 진짜로
팔아야 하는 것

큐레이션보다 더 중요한 '공간'이란 특수성

디어마이블루는 일반 서점에 유통되지 않는 책들만 취급하는 소위 독립 서점도 아니고 건축이나 과학, 시집이나 그림책같이 타깃이 확실한 특정 분야만 취급하는 전문서점도 아니다. 대형 서점처럼 A부터 Z까지를 취급하며 다양성의 끝판왕을 보여줄 수 있는 곳도 아니고 인터넷 서점처럼 책값 할인에 클릭 한 번으로 집 앞까지 무료 배송을 해줄 수 있는 것도 아니다.

동네 서점의 가장 큰 존재 이유라고 하면 다들 큐레이션 얘기부터 꺼내는데, 냉정하게 얘기하자면 나는 그건 대단한 특징이 아니라 동네 서점이 태생적으로 가질 수밖에 없는 공간과 정보의 한계에서 생겨난 어쩔 수 없는 선택이라고 생각한다. 동네 서점들은 대부분 1인 체제로 운영되기에 규모가 아무리 크다고 해도 대형 서점이나 인터넷 서점과는 비교 대상조차 되지 못한다. 모든 출판사가 신간을 출간했다고 알아서 보도 자료와 샘플 책을 보내주는 것도 아니고, 소규모 출판사의 책들은 가만히 앉아서는 더더욱 정보를 얻을 수 없다. 서점의 공간에 맞게 권수를 조절하고 새로 나온 책이든 이미 오래전에 출간된 책이든 독자들에게 소개할 만한 좋은 책을 찾아 끊임없이 검색하고 발품을 파는 노력은 모든 서점 주인들이 늘 해야 하는 일이다.

그렇기 때문에 많은 전문가가 얘기하는 동네 서점의 역할과 존재 가치가 책의 큐레이션, 즉 '좋은 책의 발견'에 있다는 의견은 물론 동의하지만, 실제로 동네 서점이 유지되기 위해선 좀 다른 관점이 필요하다. 독자가 좋은 책을 발견하는 것과 그 책을 바로 그 서점에서 구매하는 건 전혀 다른 문제이기 때문이다. 사람들이 동네 서점에서 발견한 책을 마일리지를 쌓을 수 있는 대형 서점이나 10퍼센트 할인에 무료 배송까지 해주는 인터넷 서점에서 사는 것까지 막을 방도는 없다는 얘기다. 디어마이블루처럼 상업 출판물만을 취급하는 동네 서점이라는 것은 애초에 이런 부담을 안고 시작하는 셈이었다.

실제로 초창기 동네 서점들의 가장 큰 고민도 사람들이 와서 표지 사진만 찍고 책은 인터넷 서점에서 주문하는 문제였다. 우리 서점에 와서도 대놓고 "이거 인터넷 서점에도 파나요?" 하고 묻는 분들이 계신다. 물론 단순히 궁금해서 물어본 것일 수도 있으니 "네, 저희 서점은 일반 출판물만 취급하기 때문에 대형 서점이나 인터넷 서점에서도 다 구매하실 수 있어요"라고 답하긴 하지만 뭔가 씁쓸한 기분이 되는 건 어쩔 수가 없다.

동네 서점만의 서비스는 무엇일까

이런 상황에서 우리가 경쟁력으로 삼을 수 있는 것은 서비스라고 생각했다.

우리 서점을 영어로 'bookstore'라고 하지 않고 'book shop'이라고 한 것도 그런 이유에서다. 흔히 'bookstore'와 'bookshop'을 크게 구분하진 않지만 단어들을 떠올려보면 그 의미적 차이를 알 수 있다. 'store'는 어원 자체가 '저장하다, 비축하다'의 뜻을 갖고 있는 만큼 많은 상품을 쌓아놓고 진열해서 파는 형태이고, 'shop'은 단순히 물건을 파는 곳이 아니라 'barber shop', 'bake shop'처럼 주인의 기술이나 서비스를 제공하는 형태이다.

적은 양의 책이지만 일일이 손님 한 분, 한 분과 소통하며 책을 설명해주고 추천해주고 심지어 읽을 공간과 포장 서비스까지 제공하는 이런 모든 과정은, 독자가 진열된 책 중 하나를 골라서 계산하거나 소통 없이 클릭 몇 번으로 구매하는 단순한 형태와는 근본적으로 다른 경험이다.

서점의 가장 큰 수익원이 책 판매인 이상 서점은 궁극적으로 책을 팔아야지만 유지될 수 있다. 그렇기에 어떤 책을 팔 것인가 만큼 어떤 서비스를 통해 책을 팔 것인가를 고민할 필요가 있다. 이 점에 대해서는 간과하고 동네 서점의 긍정적인 역할과 큐레이션의 가치만 강조함으로써 생긴 부작용이 요 몇 년 동안의 동네 서점 창업 붐이다. 하지만 안타깝게도 평균 수명은 2년을 채 넘지 못하고 있다. 동네 서점의 긍정적 역할들은 아주 당연하게도 동네 서점이 존재함으로써 얻어지는 부수적인 결과여야지 목적이 되어서는 안 된다. 사실 많은 서점 주인들이 이 부분 때문에 책이 팔리지 않아도 서점을 놓지 못하는 늪에 빠져 있기도 하다.

서점을 좀 다녀본 분들이 가장 많이 질문하는 "이 서점의 큐레이션 기준은 뭔가요?"에 내가 구구절절 설명을 늘어놓지 않고 "이 공간과 어울릴 것, 그래서 이곳에서 사고 싶은 책일 것"이라고 답하는 건 그런 이유 때문이다. 여기서만 살 수 있는 책을 찾는 독자들에게 "여기에서 처음 본 책들은 사실 다 여기서만 살 수 있는 책들인 셈이죠. 아무 정보 없이 대형 서점이나 인터넷 서점에서 독자분들이 알아서 이 책들을 발견하긴 쉽지 않으니까요"라고 답하는 것도 같은 맥락이다.

누구든지 동네 서점을 열고자 한다면 진짜 고민은 독자로 하여금 어떻게 우리 서점에 와서 좋은 책을 발견하게 할까가 아니라 어떻게 그 책을 이곳에서 선택하게 할까가 되어야 한다. 자신의 안목을 과시하든 취향을 드러내든 다른 서점과 차별화되는 '큐레이션'은 정말 기본이라는 얘기다.

동네 서점의 큐레이션과 이런 서비스적 차원의 다양한 시도들이 좀 더 특색 있게 어우러진다면 결국 사람들은 대형 서점이나 인터넷 서점보다 동네 서점에서 책을 사게 될 것이다. 그건 일종의 새로운 경험에 대한 소비이기도 하다.

테이블은 있지만
음료는 안 팝니다

제주에서 서점을 한다고 하면 열이면 열 "아~ 북카페요?"라는 반응이 돌아왔다. "아니, 북카페 아니고 그냥 책만 파는 서점이요"라고 정정하면 "네에…… 근데 왜 커피는 안 파세요?" 하고 되물었다. 언제부터 서점에서 책만 파는 게 이상한 일이 되었는지 모르겠지만, 나는 서점을 하겠다고 결심하면서부터 4년 차가 된 지금까지 단 한 번도 '커피도 팔아야 하나'라는 고민조차 해본 적이 없다. 이유는 간단하다. 커피를 마시는 건 좋아하지만 파는 일에는 관심이 없기 때문이다.

수익적인 측면에서 접근하더라도 바리스타 자격증은커녕 카페 아르바이트조차 해본 적 없는 나 같은 사람이 주변 멋진 카페들과 경쟁해서 커피를 더 잘 팔 자신이 없었다. 설령 운이 좋아 커피가 잘 팔린다고 해도 책보다 커피가 더 많이 팔리는 게 반갑지 않을 터였다. 혹시라도 카페 일에 지쳐 책 파는 일에 소홀해지는 것도 싫었다. 무엇보다 나는 카페 주인보다 서점 주인이고 싶었다.

책 구입 시 좌석은 무한 제공, 음료는 밖에서 사오세요

그럼에도 불구하고 디어마이블루는 북카페처럼 공간의 반 이상을 테이블과 좌석으로 꾸몄다. 우리 서점에서 책을 사면 책 윗면에 '디어마이블루'라는 도장을 찍어주는데, 이 도장이 찍힌 책은 언제든 와서 읽다 갈 수 있도록 만든 공간이다. 손님들에게 이런 설명을 하며 디어마이블루는 음료를 판매하진 않지만 외부 음료 반입은 가능하다고 알려준다. 그러면 대부분 "진짜요? 독특한 콘셉트예요" 하고 놀란다. 음료는 판매하고 책은 공짜로 읽게 하는 북카페 문화에 익숙한 사람들에게 커피는 밖에서 사오고 책은 구매 후에 읽으라는 얘기가 꽤 신선하게 들리는 모양이다. 하물며 굳이 사지 않아도 마음껏 책을 읽을 수 있는 대형 서점까지 만연하다 보니, 어떤 면으로는 우리 서점에서 책을 구입해야지만 이곳에 앉아 읽을 수 있다는 이야기가 신선을 넘어 야박하게 들릴지도 모르겠다.

초반에는 으레 들어오자마자 음료 주문은 어디서 하냐고 묻거나 커피를 팔지 않는다고 하면 그냥 나가는 사람도 있었다. 진열된 책을 몇 권씩 들고 와서 아주 당연하게 자리를 잡고 읽는다든지, 읽는 콘셉트로 서로 사진 찍어주기 바쁜 손님들도 있었다. 그러면 어느 정도 지켜보다가 정중한 목소리로 좌석 이용은 책을 구입한 후에 해달라고 일일이 안내했다. 그렇게 얘기했을 때 "아, 네" 하고 일어나서 책을 좀 더 둘러보는 척이라도 하면 좋겠는데, 빼놓은 책을 테이블 위에 그대로 쌓아둔 채로 쳐다도 안 보고 나가버리면 그렇게 속상할 수가 없었다. 서점을 열자마자 엄청난 판매를 기대하거나 한 건 아니었지만 애초에 '책 같은 걸 왜 사서 봐?' 하는 듯한 태도를 자꾸 접하니, 재벌 딸도 아닌 내가 왜 사비를 들여 이런 서비스를 하고 있나 싶어 자괴감이 들었다.

구입한 바로 즉시, 편안하게 읽었으면 하는 마음

주변 사람들은 읽는 공간에 차라리 책을 더 들여놓거나 아예 좌석을 없애버리라고 조언했다. 하지만 읽는 공간을 정성껏 꾸민 것은 사람들이 책을 구입한 후 책을 고른 그 기분으로 조금이라도 읽다 갔으면 하는 마음에서였다.

누구나 그런 경험이 있을 것이다. 대형 서점에서 책을 구입했는데 다른 약속이 있어서 한 페이지 펼쳐보지도 못하고 들고만 다니다가 집에 그대로 들고 온 기억. 그리고 쇼핑백에 담긴 채로 두었다가 이런저런 일로 며칠 만에 다시 꺼내 봤더니 어쩐지 샀을 때만큼 궁금한 기분이 일지 않아 책장에 꽂아둔 기억. 혹은 책을 서점에서 구입했는데, 조용히 읽을 만한 카페가 없어서 거리를 헤맨 기억. 그것도 아니면 보고 싶었던 책 대여섯 권을 한꺼번에 인터넷 서점에서 주문했는데, 도착한 후엔 한두 권만 읽고 나머지는 책장으로 직행했다가 지금껏 뽑지 않은 기억.

물론 예전에 유명 소설가가 어느 방송에서 '책은 읽을 책을 사는 게 아니라 산 책 중에 읽는 것'이라는 말도 했지만, 나는 책이란 가급적 그 책을 고른 그때의 기분까지도 담아 바로 읽는 것이 가장 좋다고 생각한다. 그렇게 책을 골라 앉은 자리에서 완독한다면 더없이 좋겠지만, 꼭 그렇지 않더라도 읽다가 덮어둔 책은 다음에 읽을 때 아예 시작도 못 한 책보다 우선순위로 손에 잡힐 확률이 높다. 특히나 동네 서점에서는 주민이건 관광객이건 반드시 사야 할 책이 있어서 산다기보다 대부분 구경하다가 흥미를 끄는 책을 충동적으로 사게 되므로, 디어마이블루에 진열된 책과 읽는 공간이 상호 보완 작용을 하길 원했다.

서점에서 책을 산 후에 그 책을 읽기 위해 카페를 찾아가는 게 아니라, 카페에서 커피를 가져와 서점에서 책을 사서 읽고 싶도록 순서를 바꾸는 것. 읽다 만 책이라도 언제든 갖고 와서 같은 감성을 느끼면서 읽을 수 있도록 편안한 분위기를 유지하는 것. 이런 의도로 만들어진 이 공간에 '디어마이블루' 도장이 찍힌 책을 들고 읽으러 오는 손님들이 더욱더 많아지면 좋겠다.

언제든 다시 와서 책을 읽을 수 있는 공간

나는 항상 상상한다. 누군가 멀리, 이왕이면 서울처럼 비행기를 타고 올 만한 먼 곳에서 제주도에 왔다가 우연히 우리 서점에서 책을 사간다. 그리고 집 안 어딘가 처박아 두었는데 10년쯤 지난 어느 날, 먼지가 뽀얗게 쌓인 그 책을 보고 디어마이블루를 떠올리는 거다.

"아, 맞다. 여긴 이 도장이 찍힌 책은 언제든지 갖고 와서 읽어도 된다고 했었는데."

그리고 그 공간이 아직도 있는 걸 확인하고(인터넷에서 확인이 안 될 리 없으니) 혹시나 하고 다시 왔는데, 하나도 늙지 않은 서점 주인이 나와 말한다. "10년 전에 산 책이군요. 잘 오셨어요. 편하게 보다 가시죠." 얼마나 근사하겠는가!

여기서 포인트는 여전히 디어마이블루가 그곳에 존재하는 게 아니라 '하나도 늙지 않은 서점 주인'이다. 그러면 늙지 않는 서점 주인으로 '세상에 이런 일이'나 '무슨무슨 미스터리 탑텐' 같은 데 소개도 될 수 있을 것 같은데 말이다.

제주의 자외선은 노화의 지름길인 데다 이렇게 일에 치여서야 어찌 10년을 늙지 않는 서점 주인으로 버틸지 모르겠지만, 아무리 늙었더라도 언제든 우리 서점에서 산책을 다시 들고 왔을 때 진심으로 반갑게 맞아주는 서점 주인은 자신 있다. 이 설명을 들은 손님 중 한 분이 "그럼전 디어마이블루 평생 이용권을 구입한 셈이로군요"라고 말한 것처럼 말이다.

주변에선 그렇게 책 한 권 사간 사람들이 다들 맨날 와서 자리가 없으면 어떻게 하냐고 걱정했는데, 정말 그렇게만 된다면 소원이 없겠다.

그러고 보니 일반적으로 생각하는 북카페의 개념을 뒤집었을 뿐, 음료를 마시면서 책을 볼 수 있는 공간이라는 점에서 어쩌면 디어마이블루 역시 북카페라 불리는 게 맞을지도 모르겠다.

책을 사서 읽는
경험의 즐거움

책과 친해지도록 서점 문턱 낮추기

서점을 열면서 세웠던 목표 중의 하나가 평소에 책을 잘 읽지 않거나 책 읽는 즐거움을 모르는 사람들에게 책을 소개하고 독서의 즐거움을 알려주자는 것이었다. 여행 중에 호기심으로 찾아왔건, 지나가다 우연히 들어왔건, 일단 서점에 발을 들여놓은 사람들이 누구나 부담 없이 책을 사서 읽다 가도록 만들고 싶었다.

원래 책을 좋아해서 독서가 체화되어 있고 어디든 가면 서점은 꼭 들려야 하고, 서점에 갔으면 책 한 권은 당연히 사야 한다고 생각하는 독자들은 알아서 찾아오고 특별히 내 도움 없이도 책을 고를 수 있다. 그런 분들 말고 평소

책과 안 친했던 사람들이 여행지에서 새로운 모험처럼 책을 만날 수 있으면 더 좋겠다고 생각했다.

책에 관심 없던 사람들이 책 한 권을 사는 경험은 매우 중요하다. 거창하게 말하면 이런 잠재 독자층이 편하게 서점을 찾을 수 있게끔 문턱을 낮추고, 책을 고르고 읽는 게 어려운 일이 아님을 알려주고, 과정의 행복함을 알려줌으로써 독서 인구를 늘리는 데 일조하고 싶었다.

그런 면에서 디어마이블루는 다독가들을 위한 서점은 아니다. 베스트셀러나 신간 입고에 인색하고 한 종의 책이 다 나가야지만 다른 책을 들이니 책이 바뀌는 속도도 더디다. 대형 출판사의 책도 배제하고 개인 주문도 받지 않고 우편 배송도 하지 않는다. 유명 작가들의 동네 책방 에디션도 없으니 애서가들의 수집에도 아무 도움이 되지 않는다. 하지만 그렇다고 해서 일부러 서점을 찾아다니는 애서가 손님들을 실망시킬 수도 없었다. 디어마이블루 입고 책들의 고민과 진열은 이 지점에서부터 시작되었다.

접근성 높은 책을 '예쁘게' 진열하기

디어마이블루에는 아무래도 여행객이 많이 오다 보니 서점을 들어오는 순간 전면에 보이는 진열대에는 무거운 책들보다는 여행 와서 책 한 권 읽었다는 만족감을 줄 정도의 분량과 내용을 가진 책들을 포진시켰다. 예전부터 서점을 한다면 흔한 책장보다는 젊고 캐주얼한 느낌의 타공판에 진열하고 싶은 생각이 있었으므로, 아예 서울에서 내려올 때 타공판만 전문으로 만드는 철물점에 부탁해서 밑에 선반을 덧대어 바퀴로 움직일 수 있는 타공판을 제작해 왔다. 이 타공판 뒤쪽으로 은은한 조명이 나오게끔 led 등을 설치하고 선반을 달아 책들을 진열했다.

분야로는 에세이가 많은데 표지 디자인이나 색감도 메인 책장의 진열에 중요한 요소다. 책과 친하지 않고 서점이 낯선 분들이 보았을 때도 '아, 예쁘네. 내가 알고 있던 서점과 좀 다르네'라고 생각하며 일단 들어와서 책을 살펴 봐주길 바랐다.

1인 출판사나 잘 안 알려진 작가의 좋은 책들도 우선 진열 대상이다. 내 소개를 듣고 책을 사간 분들이 처음 듣는 작가나 출판사의 책인데 너무 좋았다고 피드백을 줄 때가 서점 주인으로서 가장 뿌듯하고 짜릿하다.

서가에 꽂힌 책 중에 특히 신경을 쓴 건 인문, 예술, 과학 분야 책들이다. 개인적으로 좋아하기도 하고 읽는 맛이 좋은 책들이 많지만 그와 비례해 페이지도 많아서 사실 가장 더디게 나가는 분야이기도 하다.

국내서 위주지만 독립 출판물은 없어요

디어마이블루는 독립 출판물은 아예 받지 않는다. 독립 출판 제작자들의 입고 문의가 들어오면 처음에는 "저희는 독립 출판물은 받지 않습니다" 하고 정중하게 거절 메일을 보냈는데, 지금은 받지 않는다는 걸 공개적으로 많이 얘기했던 터라 일부러 답변을 하진 않는다.

독립 출판물을 받지 않는 이유는 좋은 독립 출판물을 입고하려면 상업 출판물과는 별개의 노력과 에너지가 많이 필요하기 때문이다. 그런데 때로는 이 노력과 에너지가 무색할 때가 있다. 기획이 참신하든, 제작 방식이 독특하든, 작가의 아이덴티티가 확실하든 뭐 하나라도 매력적인 요소가 있으면 좋겠는데, 일부 독립 출판물의 성공에 따른 부작용이 이렇게 나타나나 싶을 정도로 그냥 신변잡기를 책의 물성만 빌려 엮어놓은 콘텐츠들이 너무 많다. 제작 부수가 적기에 어쩔 수 없겠지만 정가도 대체로 높다. 독립 출판물의 특성을 더 잘 이해하고 정말 다양한 독립 출판물을 모아 소개하는 좋은 서점도 워낙 많으니 나까지 적극적으로 찾아 나설 필요까지는 못 느끼겠다. 다만 제주 작가거나 제주에 관련한 독립 출판물은 예외로 두었다. 지역 콘텐츠를 지역 작가가 만드는 건 또 다른 영역이라서 이런 책을 소개하는 건 동네 서점의 중요한 역할 중 하나라고 본다.

입고 책들 중 외서보다 국내서의 비중이 압도적으로 높은 건 나의 이력 때문이다. 국내서 출판 기획을 했던 덕분에 책이 만들어지는 과정이나 저자들의 비하인드 스토리를 비교적 많이 알고 있는 게 책 설명에 큰 도움이 되었다. 친분이 있는 저자의 친필 사인본은 디어마이블루만의 베스트셀러를 만드는 인기 요인 중 하나다.

책에 얽힌 이야기를 찾아내 들려주기

책 소개를 할 때는 보도 자료를 쓴다는 생각으로 접근했다. 스토리 라인이나 기승전결이 분명한 소설 같은 게 아니라면 내용을 설명하는 건 한계가 있었다. 그보다는 기획된 배경이라든지, 이 책만의 독특한 구성이라든지, 저자의 특이한 이력이라든지 등 사람들의 흥미를 끌 만한 요소를 어필하는 게 독자에게 훨씬 더 친근하게 다가갈 수 있었다. 특히 우리 서점은 나의 추천으로 책을 구입하는 경우가 많기에, 꼭 소개하고 싶은 책을 만나면 출판사의 보도 자료는 물론 그 책에 대한 기사나 저자 인터뷰 등을 따로 찾아서 나만의 판매 포인트를 스토리로 만들곤 했다. 그 결과 책을 공급하는 출판사 말로 전국 서점에서 디어마이블루가 가장 많이 팔았다는 책들이 여럿 된다.

우스갯소리로 나는 스스로 호객 행위가 심한 사장이라고 얘기하는데, 내가 손님들에게 먼저 말을 걸고 질문하고 다가가는 것은 그 사람에게 필요한 책을 잘 골라주고 싶어서이다. 서점이 낯설지만 용기 내서 들어왔거나, 책을 꼭 사겠다는 생각 없이 서점에 들어왔더라도 이곳에서 추천하는 책이라면 왠지 재미있을 것 같고 한번 사서 읽어보고 싶어지는 그런 신뢰를 주고 싶고 또 쌓아야 한다고 생각한다.

지금은 알아서 책을 보는 분들이 많아져서 "천천히 보시고 책 추천이나 필요한 거 있으면 말씀해주세요"라고 한 다음 조용히 기다리지만, 도대체 무슨 책을 골라야 할지 영 모르겠다면 언제든 불러주시라. 책을 사서 읽는 경험이 얼마나 즐거운 일인지 알려드리기 위해 최선을 다하겠다. 그렇게 제주의 동네 서점에서 우연히 만난 책이 당신에게 인생 책이 될지도 모를 일 아니겠는가.

이곳에 가장 잘 어울리는
200종의 책

"서점에 책이 별로 없네요."

서점을 하면서 '왜 커피를 팔지 않느냐'는 말 다음으로 가장 많이 들은 말이 아마 저 말일 것이다.

디어마이블루는 200종의 책만 판매하는 서점이다. 이 '종'과 '권'의 개념을 혼동하는 분들이 있는데, 200종이라 함은 각각 다른 종류의 책 200가지를 말한다. 그리고 디어마이블루는 이 책들을 한 종당 적게는 3권에서 많게는 10권까지 들여놓으니, 평균 5권 정도로만 계산해도 대략 1,000권의 책을 보유한 셈이다. 보통의 동네 서점들이 1,000종의 책을 1권씩 1,000권을 들여놓는다면 우리는 200종의 책을 5권씩 1,000권을 들여놓은 거다. 그런데 비치한 권수는 같더라도 눈에 보이는 종류가 적으니 사람들은 책이 별로 없다고 생각하는 것 같다.

서점을 열겠다고 결심하기 전부터 여러 동네 서점을 다녔는데 나의 경우에는 작은 동네 서점의 책장에 빼곡하게 꽂힌 책을 보는 것이 살짝 부담스러웠다. 물론 책이 꽉 찬 작은 서점만이 줄 수 있는, 대형 서점과는 다른 차원의 경이로움과 종이 냄새 가득한 공간에 대한 로망이 없었던 건 아니다. 하지만 손이 잘 닿지 않는 위치나 구석에 꽂힌 책들을 보면 저기 있는 책들은 한 달에 몇 명이나 꺼내볼까 싶은 오지랖 넓은 걱정이 일었다. 그래서 막연하게나마 내가 서점을 한다면 종수는 적더라도 한 권, 한 권이 잘 보였으면 좋겠다는 생각이 있었던 것 같다.

들인 책은 반품 없이 끝까지 팔기 위해서

종수를 제한한 이유에는 여러 가지가 있지만, 첫 번째로는 역시나 가장 중요한 '반품 없음' 원칙 때문이다.

우리 서점에 진열된 200종의 책은 모두 샘플 개념이다. 다시 말해서 사람들이 살펴보는 책과 구입하는 책을 구분한다. 샘플 책을 보고 구입 의사를 밝히면 뒤쪽에 보관되어 있는 새 책으로 꺼내준다. 진열 책을 제외한 책이 다 팔리면 그 책을 재입고해서 한 번 더 소개할지 그 자리에 다른 책을 입고할지를 결정한다. 앞에서 얘기한 한 종이 다 팔려야지만 그 자리에 새로운 책을 들인다는 말은 바로 이 뜻이다.

입고하고 싶은 책들이 아무리 밀려 있어도 자리가 나지 않으면 절대 무리해서 들이지 않고 더 열심히 책을 팔아 자리를 만들었다. 그렇기에 200종의 책만 판다고 내건 것은, 벽 한 면을 차지하는 책장에 빽빽하게 책이 꽂힌 서점을 기대하는 사람들에게는 실망감을 줄 수도 있다. 하지만 반품 없이 들인 책은 다 판다는 원칙을 지키기 위해 이 종수 제한만큼 효과적인 방법이 없다.

서점 주인장들은 기본적으로 책 욕심이 많다. 나 역시 그렇다. 가끔 서점 주인 중에 어차피 정가로 사서라도 읽는 책인데 내 서점에 도매가로 입고하면 싸게 읽을 수 있어서 서점을 시작했다는 분들도 있다. 딱히 틀린 말은 아니지만 이런 자세는 나랑은 맞지 않았다.

나의 경우 읽고 싶은 책과 입고할 책은 철저히 구분한다. 개인적으로 읽고는 싶은데 우리 서점에서 팔 자신이 없으면 다른 동네 서점에서 구입해 소장했다. 그리고 디어마이블루에 소개하기 좋은 책들은 목록을 만들어두었다가 한 번씩 대형 서점에 가서 실제 내용을 살펴보고 입고 여부를 결정했다. 입고 책은 어떤 경우에도 딱 한 권만들이지 않기에 여러 면에서 신중하게 판단하는데, 특별한 경우를 제외하고는 내가 읽지 않은 책은 입고하지 않았다. 이게 책의 종수를 제한하는 두 번째 이유다.

서점 주인이 읽은 책을 추천받는 의미

처음에 서점을 열 때 도매에서 초도 주문으로 받은 132종과 직거래 출판사의 책과 잡지 등을 합쳐 150종을 1차로 진열했다. 준비 기간이 짧은 건 아니었지만 정작 입고 목록 작성은 굉장히 급박하게 진행되어서 우선 내가 읽은 책으로만 목록을 짰다. 일주일 정도 후 직거래 출판사 몇 곳의 책을 더 받아 182종을 채우게 되었는데 책장에 진열하고 보니 그중 100종이 앞표지 진열이 가능했다. 이 정도면 충분히 서점의 꼴은 갖춘 듯 보였다. 앞표지 진열 책이 많으면 손님들이 들어왔을 때 자기 취향의 책이 있을지 없을지 빠르게 스캔할 수 있고 한 권, 한 권에 대한 집중도가 더 올라갈 거란 생각이 들었다.

처음부터 종수를 딱 200종이라고 못을 박아 두었던 건 아니었는데, 막상 서점에 책들이 들어오고 나니 얼마나 더 늘려야 하나 고민이 되었다. 책은 종당 무조건 3권~5권씩 입고했으므로 대략 800여 권의 팔아야 할 책이 있었다. 게다가 모두 현금으로 매입했으니 이미 800만 원 넘는 돈을 책값으로 지불한 상태였다.

추가로 입고할 책들은 천천히 더 찾아보기로 하고 일단 팔기 시작했는데, 아무래도 다 읽은 책들이다 보니 손님들에게 설명하기가 수월했다. 책을 추천해달라고 했을 때도 망설임 없이 권할 수 있었다. 손님 앞에서 꿀 먹은 벙어리가 되어 그저 계산만 하는 게 아니라 책 이야기를 할 수 있으니 뭔가 신이 났다. 그래서 앞으로도 내가 읽은 책들을 우선적으로 들여야겠다고 마음을 먹었고, 서점의 규모와 나의 기억력을 감안했을 때 초도 물량으로 들였던 200종 정도 선이면 적당하다고 판단했다.

세 번째 이유는 독자들이 서점에서 책을 구매하는 권수가 한정적이기 때문이다. 대부분의 독자가 한 번에 사는 책의 양은 대형 서점에서도 한두 권 아니면 많아야 대여섯 권이다. 물론 한 번에 10권 이상씩 사는 손님들도 있지만 그런 분들은 서점에 책이 100권이 있든 1,000권이 있든 귀신같이 본인들이 살 책을 골라내는 능력자들이니 예외로 하겠다. 여담으로 우리 서점에서 역대 최다 권수를 구입한 손님은 한 번에 22권이었고, 택배로 보내드렸다.

책이란 게 우리 서점에 없다고 세상천지에 구할 곳이 없는 것도 아닌데 종류가 적다는 이유로 독자들에게 미안함을 느낄 필요는 없다고 생각한다. 오히려 200종의 책만 소개하더라도 누가 오든 그중에 읽고 싶은 책이 한 권은 있도록 신중하게 서가를 꾸리고, 꼭 필요한 책을 추천해서 읽을 수 있도록 돕는다면 그 자체로 디어마이블루 서점으로서의 역할은 다한 것이다. 그런 면에서 책의 종수를 한정하면서 책을 파는 게 사실은 훨씬 더 어렵다. 주인의 에너지가 그만큼 많이 들어가야 하기 때문이다.

책을 200종만 입고하는 마지막 이유는 서점에서 책을 볼 때 좀 더 소중히 다룰 필요성을 독자들에게 알리고 싶어서이다. 우리가 'Two hundred selected book'을 아예 전면에 내세우자 사람들의 질문이 "책이 왜 이렇게 적어요?"에서 "왜 200권이에요?"로 바뀌었다. 그렇게 되니 우리 서점의 원칙을 전달함과 동시에 반품 문제에 대해서도 이야기하기가 훨씬 더 수월해졌다.

서점에 있는 모든 책은 내가 사지 않더라도 누군가가 살 소중한 책이다. 최소한 우리 서점을 방문했던 사람들만이라도 잘 몰랐던 이런 부분에 대해서 알아가고, 앞으로 서점에서 책을 구경할 때 한 번쯤 이 얘기를 떠올리게 된다면 디어마이블루가 200종의 책만 선별하여 파는 것에 대한 의미는 충분할 것이다.

처음 만나는 샘플 책,
마지막으로 인사하는 더 라스트 북

진열된 책이 망가지면 우울합니다

동네 서점 이야기에 관심 있다면 사람들이 서점에서 책을 볼 때 생기는 문제에 대해 한 번쯤 들어본 적이 있을 것이다. 페이지를 구기거나, 침을 발라가며 보거나, 책 위에 음료를 올려두어 표지를 오염시킨다거나, 부주의하게 다루다 떨어뜨려 책을 망가뜨린다거나 등등.

진열된 책들은 항상 훼손의 위험에 노출되어 있다. 그리고 많은 동네 서점이 진열 책이 곧 판매하는 책이므로 이런 훼손에 적잖은 스트레스를 받는다.

위탁 판매를 하기도 하지만 대부분의 작은 동네 서점은 출판사나 도매상에 미리 책값을 다 지불하고 가져와서 판다. 바꿔 말하자면 아직 팔리지 않은 상태로 진열된 책들은 서점 주인의 소중한 자산이나 마찬가지란 뜻이다. 그런데 그렇게 망가뜨린 책을 본인이 구입하기는커녕 미안해하기만 하고 그냥 간다거나 사과도 없이 슬쩍 나가버리면 그 우울감은 이루 말할 수가 없다.

겉보기에 훼손된 책은 내용을 읽는 데 아무 문제가 없더라도 사실 판매하기 어렵다. 나 역시 동네 서점에서 책을 구입할 경우, 한 권씩만 입고된 책이 많아서 선택지가 거의 없다는 걸 뻔히 알면서도 훼손이 심하면 어쩐지 구입이 꺼려졌다. 심지어 서점 손님 중에는 깨끗한 진열 책을 들고 와서 "이거 새 책 없어요?"라고 묻는 사람도 적지 않다.

훼손 스트레스를 줄이는 샘플 책

우리는 반품을 안 하지만 업계에서 반품이 사라지지 않는 이상 훼손된 책들은 모두 반품 대상이다. 사람들이 서점의 책을 함부로 보거나 새 책을 찾는 경향은 반품에 대해 큰 부담이 없는 대형 서점이 도서관처럼 '읽는 기능'을 강조하면서 생긴 부작용이기도 하다. 하지만 대기업도 아니고 수익 구조가 한정적인 동네 서점이 이런 독자들의 니

즈를 반영하는 것은 불가능하다.

그렇다고 서점에서 마음대로 책을 살펴보지도 못 하게 한다거나 손님들, 특히 아이들이 책을 조심해서 보는지 신경을 곤두세우는 것도 영 내키지 않았다. 그래서 우리는 모든 책을 샘플 진열해서 훼손은 딱 한 권으로 최소화하고, 같은 책을 여러 권 입고하여 새 책으로 판매하는 전략을 구상했다. 그러자 손님들이 실수로 책을 떨어뜨리거나 아이들이 함부로 책을 봐도 내가 아무 스트레스도 받지 않고 심지어 웃으면서 편하게 보시라고 얘기할 수 있었다. 고의가 아닌 이상 책이 좀 망가졌다고 속상해하거나 손님들이 필요 이상으로 미안해하는 걸 보지 않아도 되니 마음이 편하기도 하다.

사실 샘플 책은 모두 내가 한 권씩 구매하는 셈이니 일종의 고육지책이다. 하지만 오죽하면 그러겠는가. 그나마 이건 디어마이블루가 책의 종수를 제한하는 작은 서점이니까 가능한 방법이다. 이러한 샘플 책 시스템은 다른 동네 서점에서는 시도하기 어려운 부분이므로 자칫 오해가 생길 수 있어 손님들에게 굳이 샘플이라고 적극적으로 밝히진 않는다. 샘플 책이니 마음껏 훼손해도 된다는 뜻은 절대로 아니기 때문이다.

깨끗한 샘플 책은 '더 라스트 북'으로 변신

이렇게 얘기하면 장점만 있는 것 같겠지만 사실 이 시스템에는 큰 단점이 있었다. 계속해서 200종의 똑같은 책만 판다면 모르겠지만 예를 들어 A라는 책이 다 팔리고 그 책을 재입고하지 않고 새로운 책 B를 들일 경우, 샘플 책 A가 그대로 남는 것이다. 모든 샘플 책이 다 훼손되는 것도 아니라서 깨끗하고 아무 하자가 없는 책인데도 그대로 남는다. 그래서 재입고 계획이 없는 책 중 판매가 가능한 상태의 마지막 책은 두 가지 방식으로 판매한다.

첫 번째는 중고책으로 취급하여 10퍼센트 할인을 적용한다. 가전제품 매장 같은 곳에서 진열 상품을 할인해주는 것과 같다고 보면 된다. 물론 손님들에게 이와 같은 설명을 해드리고 원하는 경우에 한해서이다. 간혹 천사 같은 손님들은 책이 좀 구겨지거나 표지가 더럽혀진 책들도 기꺼이 데려가신다.

두 번째는 다른 서점에서도 많이 하고 있는 블라인드 북이다. 블라인드 북이란 표지를 포장지로 가리고 키워드만으로 자신에게 맞는 책을 고르는 개념인데, 디어마이블루에서는 블라인드 북을 '더 라스트 북'이라 부른다. 우리 서점에서 오랫동안 사랑받았지만 새로운 책에게 자리를 내주느라 영원히 안녕을 고하는 디어마이블루만의 베스트셀러들이다.

이 책들은 각기 다른 색 포장지로 포장되어 있는데, 키워드를 제시하는 방식은 다른 블라인드 북이랑 같다. 키워드 외에 또 다른 힌트로는 해당 분야를 알려준다. 디어마이블루에서 책을 사면 시, 소설, 에세이, 인문교양, 여행, 취미실용, 과학의 7가지 분야에 따라 각기 다른 디자인의 책갈피를 고를 수 있는데, '더 라스트 북'에 끼워져 있는 책갈피로 해당 분야를 추측할 수 있다.

더 라스트 북 윗면에는 빨간색으로 '디어마이블루' 도장이 찍혀 있다. 일반적으로 구매하는 새 책에는 파란색 도장을 찍어드리는데 이 책들과의 구분을 위해서이다. 이 빨간색 도장이 찍힌 책을 가져가시는 분들과 무엇을 할지는 아직 잘 모르겠다. 하지만 디어마이블루에서 '더 라스트 북'의 빨간 도장이 찍힌 책을 갖고 계신 분들은 꼭 소중하게 간직해주길 바란다. 이벤트의 여왕인 디어마이블루 주인장이 언제 무슨 혜택을 드릴지 모르기 때문이다.

얼마에 입고해야
더 신나게 팔 수 있을까?

비용을 아낄 것인가, 몸을 아낄 것인가

서점을 오픈하고 2주 정도 지나서 도매상에 추가 주문을 넣었다. 새로 고른 책과 극히 일부 신간, 1차 주문분에서 다 나간 책 중 더 받아도 잘 팔 수 있겠다 싶은 책들이었다.

처음 1차 주문분의 명세서를 받은 후 나는 주문한 책중에 80퍼센트(정가의 80퍼센트다. 대형 서점은 정가의 60~70퍼센트로 책을 들인다)란 말도 안 되는 공급률에 들어온 책이 있는 걸 확인하고 도매상에 얘기해서 공급률 상한선을 정해놓았다. 모든 출판사의 거래 조건을 확인할 수는 없으니 이후 우리 주문 중 공급률이 75퍼센트 이상이 되는 책은 아예 출고하지 말아달라고 부탁한 것이다.

책의 공급률은 서점 수익과 직접적인 관련이 있다. 공급률이란 서점이 도매상에서 책을 사오는 가격을 얘기한다. 즉 10,000원짜리 책을 75퍼센트의 공급률로 들여온다는 말은 그 책을 7,500원에 구입한다는 뜻이다. 이 책을 독자에게 정가로 팔면 서점의 수익은 25퍼센트인 2,500원이다. 같은 10,000원짜리 책이라도 65퍼센트의 공급률로 들여온다면 서점 수익은 3,500원이 되니 이 공급률을 최대한 낮추는 것이 모든 서점의 숙원이다. 우리가 판매하는 책은 박리(薄利) 상품인데 수익을 낼 정도로 다매(多賣)가 되지 않으니 서점에서 얻을 수 있는 최소한의 수익을 지키는 것은 중요한 일이다.

나는 처음에 공급률을 5퍼센트라도 더 낮추기 위해 공항으로 직접 찾으러 가는 수고를 마다치 않았다. 제주 서점의 물류 한계에서 오는 핸디캡을 줄이려고 한 것인데 디어마이블루가 공항까지 25분 정도의 거리라 가능한 일이었다. 친구가 없던 초반에 정기적으로 공항을 나가는 일은 무미건조한 시골살이의 낙 같은 거라 은근 즐기기도 했다. 그런데 여기에도 부작용이 있었으니, 시간적인 부분은 내가 조금만 더 부지런을 떨면 되었지만 엄청나게 무거운 책 박스를 서점까지 직접 나르는 것은 어떻게 할 수 없는 문제였다. 차의 트렁크까지는 접이식 수레를 이용한다고 해도 트렁크에 싣고 내리고, 서점의 계단을 오를 때는 영락없이 책 박스를 들어 날라야 했다. 혼자 일하는 영세 자영업자에게는 몸이 자산인데 서점 일은 때때로 꽃 작업 몇 배의 노동력을 필요로 했다. 지금은 다른 도매상과 거래하기도 하고 거래 조건도 바뀌어서 모든 책을 서점 문 앞에서 택배로 받지만, 그럼에도 책을 나르고 정리하고 청소하는 등 몸 쓰는 비중이 만만치 않다.

서점 주인의 보람을 좌우하는 커트라인

서점이 무조건 공급률이 낮은 책들만 받아야 하는지에 대해선 서점마다 생각이 다를 것이다. 아무리 공급률이 높아도 서점에 꼭 필요한 책은 80퍼센트나 85퍼센트에도 입고해야 한다고 생각하는 곳도 많으니까.

디어마이블루는 종수를 제한하기 때문에 약간 다른 측면이 있다. 우리가 파는 책은 어차피 내가 일일이 고른 200종 내외에서 움직이기 때문에 반드시 그 책이어야 할 책은 한 권도 없다. 종수를 제한한 만큼 소개하고 싶은 훌륭한 책은 얼마든지 있으므로, 사실 적정 공급률로 받을 수 있는 책이냐 아니냐가 나에겐 훨씬 더 중요한 문제였다. 비슷한 분야의 비슷한 메시지를 전하는 책 여러 종이 있다면 당연히 공급률이 가장 낮은 한 종만 입고하면 된다. 우리같이 작은 서점에서 굳이 손해를 감수하면서까지 높은 공급률의 책을 갖다 놓을 이유가 없었다. 무엇보다 책을 팔았을 때 내가 보람을 느낄 수 있는 최소한의 이익이 보장되어야 그나마 반품하지 않으면서 열심히 파는 의미를 찾을 수 있으리라 생각했다.

그래서 다 팔린 책 중에서 추가 입고를 할 때도 공급률을 봐가면서 주문을 넣었는데, 불과 2주 전에 받았을 때보다 무려 13퍼센트가 높게 들어온 책이 있었다. 5퍼센트만 공급률이 올라도 민감해지는 이 바닥에서 갑자기 공급률이 13퍼센트나 뛴 거면 엄청난 차이였다. 이제 총 8종 정도를 출간한 신생 출판사의 책이었는데, 괜찮은 신진 국내 저자를 발굴해서 느리지만 정성들여 책을 낸다는 느낌에 눈여겨보고 있었던 곳이다.

도매상에 확인하니 계약 조건이 변경되어 앞으로 그 출판사 책은 지금처럼 높아진 공급률로 내보내게 될 거라고 했다. 그래서 내가 우리 서점에서는 일정 수준 이상의 공급률로 출고되는 책은 아예 보내지 말아 달라고 부탁드렸는데 왜 이 책이 언질도 없이 출고됐는지 물었다. 그랬더니 돌아온 대답, "그럼 반품하세요."

순간 맥이 빠졌다. 내가 반품을 할 줄 몰라서 안 하겠는가. 반품을 하면 결국 최종적으로 그 손해가 다 어디로 가겠는가. 아니, 꼭 그렇게 거창하게 얘기할 것 없이 서점 입장에서만 생각해도 반품 싸서 보내고 하는 것도 일인 데다 비용도 발생한다. 제주도라 심지어 택배비도 더 비싸다. 도매상 역시 반품 도서 전산 처리하고 금액 정산할 때 또 빼고 어쩌고 하려면 여러모로 양쪽 다 에너지 낭비이니, 애초에 그런 일을 안 만들기 위해서 우리는 반품을 안 하겠다고 말씀드린 거고, 출고 때 한 번만 더 확인해 달라고 부탁드리지 않았냐고 했지만 누구 하나 귀담아듣는 것 같지 않았다. 그들 입장에선 반품받아 정산하는 것보다 내보내기 전 한 번 더 체크하는 게 더 귀찮은 일인 것처럼 느껴졌다. 다시 한번 강조에 강조를 거듭하고 전화를 끊은 후 확고하게 지키려던 소신과 방향성에 처음으로 회의가 밀려왔다. 이후 점점 직거래 출판사의 비중을 늘리기 시작했다.

작은 출판사와 동네 서점의 상생

직거래의 경우는 서로의 이해관계가 맞아야 한다고 앞서 얘기했다. 다만 요즘에는 동네 서점의 활약상이 워낙

105

두드러지니 출판사들도 직거래에 대해서 긍정적으로 생각하는 부분이 많다. 대형 서점의 눈에 띄는 자리에 매대를 확보하기가 어려운 신생 출판사나 소규모 출판사들은 오히려 책의 홍보를 위해 동네 서점에 먼저 이벤트 제안을 주기도 한다.

이럴 경우 공급률이나 최소 주문 부수, 배송비 등의 조건은 출판사마다 다 다르지만, 보통 일정 부수 이상을 현매로 구입한다고 했을 때 평균 70퍼센트로 책을 공급받을 수 있다. 경우에 따라 65퍼센트나 드물게는 60퍼센트에 주는 출판사도 있다. 대부분 반품은 안 받는다. 만약 정가가 10,000원인 책을 도매상에서 80퍼센트로 공급받는데 직거래 출판사에서는 60퍼센트로 공급받는다면 판매 수익은 2배 차이가 난다.

대형 출판사 중에서도 동네 서점과 직거래 시스템을 갖추고 공격적인 마케팅을 하는 곳들이 늘어나고 있는데 대표적인 것이 동네 서점 에디션이다. 출판사가 신간을 홍보하는 사전 마케팅의 일환으로 동네 서점에서만 살 수 있는 일종의 한정판을 별도로 제작하는 것인데, 베스트셀러 작가들의 책은 바로 매진으로 이어지곤 한다.

동네 서점의 경영난을 생각했을 때 대형 출판사들과의 이러한 제휴는 일정 부분의 수익을 보장해준다는 점에서 분명히 긍정적인 측면이 있다. 하지만 팔로우하고 있는 동네 서점들의 SNS가 순식간에 똑같은 동네 서점 에디션의 입고 소식으로 뒤덮이는 걸 보면서, 어느 순간부터 동네 서점들이 이런 에디션을 따로 출간할 여력이 있는 대형 출판사와 유명 저자들의 신간 판매처로 전락한 듯한 느낌을 지울 수 없다. 물론 동네 서점들이 어떤 책을 소개하느냐는 각각의 고유한 권한이기에 각자 판단할 몫이다.

나는 대형 출판사의 책들은 의도적으로 배제하기에 우선 작은 출판사들을 공략했다. 원래 우리 서점이 모두 현매로 구입하고 반품도 안 하고 종당 주문 부수가 3~5부니, 10종 내외의 출간 목록을 가진 출판사라도 한 번 주문할 때 최소 20권 이상씩 주문할 수 있었다. 또한 디어마이블루 계정이 무슨 인플루언서는 아니지만 열심히 SNS에 책을 올려 홍보 측면에서 조금이라도 도움이 되고자 했다. 직거래는 아무래도 도매상보다 낮은 공급률로 책이 들어오니 사실은 이 책들을 더 많이 파는 게 나에게도 이득이 되는 일이다.

한 달 차 때 정산을 해보니 우리 입고 책들의 평균 공급률이 72퍼센트였는데 1년 후 64퍼센트까지 떨어뜨렸다. 현재 우리가 거래하는 도매상은 같은 책을 5부 이상 주문하면 또 일정 부분 공급률을 낮춰주므로 웬만한 책들은

5부 이상씩 입고한다.

한때는 공급률 65퍼센트 이하로 줄 수 있는 중소 출판사 10여 군데를 선별해서 직거래로만 책을 들이면 어떨까 고민했는데, 책의 다양성을 보여주기 어렵고 직거래를 안 하는 곳들의 책 중에서도 꼭 소개하고 싶은 책이 많아서 아무래도 이건 불가능할 것 같다. 마음 같아서는 평균 공급률을 62퍼센트까지만 떨어뜨릴 수 있으면 좋겠는데 아무래도 이 정도가 한계일 듯하니 역시 많이 파는 수밖에 없다.

그런 이유로 환불은
안 됩니다

매주 새로운 이슈가 생기는 애월 버라이어티 꽃서점 디어마이블루 오픈 3주 차에 아주아주 중요한 걸 놓치고 있었음을 깨닫게 하는 일이 발생했다. 바로 환불 정책.

나는 태어나서 파본이 아닌 이상 책을 한 번도 환불해본 적이 없어서(아니 사실 파본은 교환했으니 환불이란 건 아예 해본 적이 없어서), 책에 하자가 없는데 단순히 내용이 맘에 안 든다고 환불할 수도 있다는 건 전혀 생각해보지 않은 문제였다.

어느 날 혼자 온 손님이 꽤 오랫동안 책들을 천천히 둘러보셨다. 고맙게도 한 권 구입하시길래 우리 서점에서 산 책은 안쪽 공간에서 읽다 가도 된다고 하니 "웬만한 카페보다 분위기가 좋네요"라면서 자리를 잡고 앉아 1시간 정도 책을 읽었다. 그러더니 "아무래도 이 책은 제 취향이 아닌 것 같아요. 환불하면 카드 취소하고 다시 계산하기 귀찮으시니까 그냥 다른 책으로 바꿔가는 게 낫겠죠?"라면서 구매를 고민하던 다른 책을 가져가셨다. 너무 얼떨결에 일어난 일이라 "네? 네네" 하고 보낸 후 처음 '환불'이라는 단어를 자각하게 된 나는 미친 듯이 책 환불에 대해 검색하기 시작했다. 그랬더니 교보문고 같은 대형 오프라인 서점들이나 인터넷 서점은 보통 7일~14일 이내에 별다른 사유 없이도 환불이 가능했다.

충격이었다. 얇은 책은 다 읽은 후 두꺼운 책 밑에 하루이틀 깔아두면 새것처럼 보여서 환불이 가능하다거나, 페이지마다 사진을 찍은 후 환불하면 된다거나 하는 책 환불 방법 카페 글을 봐버렸기 때문이다. '책 환불 노하우'라는 책을 내도 될 정도로 다양한 방법이 존재하고 이걸 진짜 생각하고 실천하는 사람이 있다는 게 그저 놀라울 뿐이었다. 그렇게까지 책에 돈 쓰는 게 아까울까.

이런저런 블로그와 지식in, 웹 문서까지 살피니 동네 서점들은 상황에 따라 대응이 달랐고, 소비자보호원과 공정거래위원회의 문의 글까지 뒤진 결과 오프라인 서점에서 본인이 직접 고른 경우라면 단순 변심으로는 법적으로 환불 의무가 없다는 걸 알게 되었다. 참고로 아래는 공정거래위원회에 올라온 책 환불 문의 글에 대한 답변이다.

- 서점에서 직접 책을 골라 구입한 이상 책에 하자가 없는 상태라면 무조건적인 환불은 어려움.
- 공정거래위원회 고시(2009-1호) 소비자분쟁해결기준에 의하면 도서의 경우 품질하자(파손, 페이지 수 부족 등)에 의한 경우에만 교환할 수 있도록 규정하고 있음. 원칙적으로 책에 하자가 없는 상태에서 책을 보지 않았고 구입한 지 며칠 지나지 않았다고 하여 반품을 주장하기는 어렵다고 할 것임.
- 도의적 차원에서 사업자와 합의(다른 도서로 교환)를 하셔야 할 것으로 판단됨.

물론 처음으로 환불을 얘기한 손님이 대단히 고의적이었다거나 예의가 없었다거나 한 건 아니었기에, 내가 "저희 서점의 환불 정책은 이렇습니다" 하고 설명했으면 충분히 납득했을 거다. 세상에 이렇게나 생각이 다른 사람이 많은데 이걸 너무 내 기준에서만 생각하고 제대로 준비를 안 했다는 게 문제였다.

재밌는 건 이렇게 오픈 3주 차에 환불 정책 기준을 찾아 거창하게 환불 불가의 변을 준비해두었는데, 4년 차가 되도록 환불을 얘기한 손님은 얼마 전에 딱 한 명 더 있었을 뿐이라는 것이다. 분명 본인이 골라간 책이었는데 집에 가서 보니 읽은 책이었다고 다음 날 환불을 해달라고 왔길래, 환불은 불가능하다고 설명하고 다른 책으로 교환해 드렸다. 다른 이유도 아니고 읽은 책이라고 해서 교환해 드리긴 했지만 이런 일이 자주 일어나진 않아서 다행이다.

서점에도
노키즈존이 있나요?

어린이 손님이 얼마나 올까

가끔 전화나 메시지로 "거기 노키즈존인가요?"라고 문의하는 분들이 있다. 디어마이블루가 노키즈존이라면 아마 세계 최초로 아이들이 오지 못하는 서점이 되는 걸 게다. 충분히 이해는 하지만 이 질문을 하는 부모들이 제주라는 곳에 대해서, 어떤 관광지의 공간에 대해서 갖게 된 선입견이 서점에까지 향한다는 게 안타까웠다.

사실 서점을 열면서 200종이라는 한정된 수의 책만 들이겠다는 원칙과 책을 사서 읽는 공간으로 기능하게 하려는 목적이 겹쳐져 아이들 책을 많이 두지는 않았다. 비율로 따지자면 약 10퍼센트 정도? 종수를 한정하다 보니 다양하게 구비할 수도 없어서 연령대별로 기껏해야 한두 권씩 들여놓았을 뿐이었다. 솔직히 말하자면 대놓고 노키즈존은 아니지만 그렇다고 웰컴키즈존도 아니었던 셈이다. 일단 나의 판단으론 아이들과 제주에 온다면 이 자연 속에서 신나게 뛰놀게 하는 것만으로도 시간이 부족할 텐데 굳이 서점에서 책을 사는 사람들이 뭐 얼마나 있겠나 싶었다. 도민들이야 정말 어린이 책 전문가가 운영하는 좋은 어린이 책 전문서점도 있고, 지역별로 도서관들도 잘되어 있는 편이라 우리 서점에 어린이 책이 많이 없다고 해도 문제될 일은 없어 보였다.

이런 생각이 판단 미스였다는 걸 알게 된 건 아마도 북콘서트가 열렸던 오픈 날을 제외하고는 서점의 첫 어린이 손님이었을 10살 명준이와 9살 연진이 때문이었다. 둘은 남매가 아니라 같은 동네에 사는 친한 엄마들이 각자의 아이들을 데리고 방학을 맞아 제주에 한달살이를 온 거였는데, 2주 정도 지나니 애들이 맨날 밖에서 노는 것도 지겨워해서 서점을 찾아왔다고 했다. 엄마들은 애들에게 마땅히 읽힐 게 없는 와중에도 어찌저찌 책을 골라갔고, 여기에서 산 책은 언제든 와서 읽어도 된다는 말에 바로 다음 주에 도시락을 가지고 정말로 책을 읽으러 왔다.

잔디 위 텐트가 갖고 온 '피크닉서점'이란 칭호

처음 디어마이블루를 열면서 야외 잔디 공간을 어떻게 활용하면 좋을지 100인 100색의 의견이 있었다고 해도 과언이 아니다. 카페처럼 스트링 라이트를 설치하고 테이블과 의자를 둬라, 유행하는 빈백 소파를 둬라, 파라솔을 설치해라, 흔들의자를 둬라, 벤치를 쫙 돌려라 등등. 정말 그 공간에 아무것도 두지 말라고 얘기하는 사람은 단한 명도 없었다. 근데 제주에서 야외에 무언가를 설치하기 위해선 반드시 고려해야 할 아주 중요한 문제가 있었으니, 그건 바로 바람이었다.

일단 야외에 가구 같은 걸 두기 위해선 시시때때로 불어오는 어마어마한 바람에 날아가지 않을 정도로 땅에 깊숙이 박든 무거운 무언가로 괴든 아주 단단히 고정해야 하는데, 그럼에도 불구하고 태풍이라도 와서 이게 어딘가 날아가 남의 기물을 파손하는 건 사실 아무 일도 아니라고 한다. 혹시라도 사람이 다치면 진짜 문제가 되는데, 단지 멋있어 보이자고 천 쪼가리 하나라도 걸쳐 놓았다면 바람에 날려 달리는 차 앞 유리라도 덮을까 봐 조마조마해야 할 판이었다. 그렇다고 접이식 의자나 테이블을 매번 내놓고 들여놓고 하기에는 아무리 가벼운 거라고 해도 체력적 부담이 너무 컸다. 비라도 오거나 해서 가구들을 내놓지 못한다면 서점 안에 보관할 공간도 마땅치 않았다.

이런저런 고민들로 골머리를 앓다가 하루는 데크에 주저앉아 주변을 둘러보았는데, 예쁘게 자란 싱그러운 잔디가 눈높이로 들어오면서 그 공간감에서 오는 느낌이 나쁘지 않았다. 오호! 이거 괜찮은데? 싶은 생각에 "여기 그냥 아무것도 두지 말고 텐트랑 방석이랑 매트 빌려주고 편하게 누워서 책 보라고 할까 봐요" 하고 주변에 얘기했더니 다들 어이가 없다는 듯 부정적인 의견을 내놓았다. 할 게 얼마나 많을 텐데 이 좋은 공간을 그렇게밖에 못 쓰냐부터 시작해서 너무 없어 보인다, 누가 의자도 아니고 잔디에 누워서 책 보는 걸 좋아하겠냐, 포토존을 만들어도 부족할 판에 아무것도 안 하는 게 웬 말이냐.

그래도 내 생각은 확고했다. 일단 무엇보다 데크에 앉거나 잔디에 누워 하늘을 바라볼 때의 그 느낌이 너무 좋았고, 이단으로 더 투자할 돈도 없었고, 삼단으로 그렇게 하면 행여 바람이 불건 태풍이 치건 남에게 피해를 주는 상황이 벌어질까 봐 노심초사할 일도 일어나지 않을 터였다. 그래서 그다음으로 내가 한 일은 오래 앉아 있어도 좋을 예쁘고 편한 방석과, 바닥의 찬 기운이 올라오지 않으면서 무언가 먹다 쏟아도 금방 닦을 수 있는 방수 매트와,

원터치라서 설치와 제거가 편한 텐트를 마련한 것이었다. 그리고 그 방석과 매트와 텐트의 개시를 한 게 명준이와 연진이 그리고 엄마들이다.

아이들과 엄마들은 이 작은 공간에서 서너 시간을 지루하지 않게 보냈다. 아이들은 텐트를 들락거리며 책을 보다 잔디에서 뛰놀다 낮잠도 잤다. 그동안 엄마들은 자신들이 고른 책을 다 읽고 새 책을 골라 갔고, 그날 후로 정기적으로 피크닉을 왔다. 당연히 우리 서점에서 산 책을 가지고 말이다. 이건 정말이지 내가 전혀 예상하지도 못했던 새로운 타깃과 디어마이블루의 조합이었다. 이후로 디어마이블루는 '피크닉서점'이라는 별칭도 갖게 되었다.

육지로 돌아가던 날, 아이들이 꼭 서점에 들러야 한다고 해서 일부러 들렀다는 그 일행은, 처음 서점에 오고 나서 남은 2주 동안 아이들이 서점에 가는 날만 기다렸다며 또 책을 사주었다. 다음 여행 때 들고 오겠다면서 말이다. 이후 정말로 두 가족 모두 따로따로 서점을 찾아주었다.

아이들이 의외로 텐트와 잔디에서 꽤 즐겁게 시간을 보내는 걸 알게 된 나는, 그다음부터는 어른들과 같이 온 아이들이 있으면 텐트를 권하게 되었고, 그러면 오히려 아이들이 더 있겠다고 졸라서 자연스럽게 어른들이 책을 읽다 가는 일도 생겼다. 아이들은 텐트를 쳐주면 그 안에서 책을 읽는다는 그 상황 자체를 즐기느라 책이 재미가 있건 없건 집중도도 높아지는 것 같았다. 작년에는 틀어놓으면 자동으로 비눗방울이 샘솟는 비눗방울 제조기도 장만했는데 정작 어른들이 더 좋아하는 것 같다.

아이들의 방문이 늘면서 디어마이블루에서도 어린이 책을 늘릴 필요성을 느끼게 되었다. 사실 애들 책은 정말 잘 모르는 분야라서 공부가 필요하기도 하고 서점 특성상 비율을 많이 늘리지는 못해서 일정 비율 안에서 조금씩 늘려가고 있는 중이다.

인디언 속담 중에 한 아이를 키우려면 온 마을이 필요하다는 말이 있다. 디어마이블루는 어른이든 아이들이든 편하게 와서 책을 고르고 재미있게 읽을 수 있는 마을 서점으로 일조할 테니, 언제든 애들 데리고 부담 없이 오시면 좋겠다.

서점 영업 한 달,
얼마를 벌었나

이 정도면 어림도 없는 첫 달 매출

서점을 오픈한 지 한 달이 되었다. 당시 서점 일기를 계속 쓰고 있었는데 서점 영업 한 달의 소회를 정리할까 싶어 뭐라 뭐라 쓰기 전에 더 현실적인 문제들을 살펴볼 필요가 있겠다 싶어 정산부터 해보았다.

2018년 7월 17일, 서점 오픈 이벤트를 겸한 북 콘서트를 마치고, 다음 날은 장사를 거의 접다시피 했다. 서울 손님들 배웅과 뒤풀이의 흔적들을 정리하고 나서 사실 책 판매를 제대로 시작한 건 7월 19일부터였다. 그로부터 한 달이 되는 8월 18일까지 네 번의 쉬는 날을 뺀 27일 동안 영업을 했다. 영업시간은 하루 7시간. 문 열고 닫는 시간은 7월에는 11시, 18시였는데, 여름에는 저녁에 오는 손님들이 더 많아서 8월부터 13시, 20시로 바꿨다. 영업시간과 휴무일은 이후에도 제주형 시행착오를 거쳐 지금은 13시에 열고 18시에 닫는다. 휴무일은 월, 화 이틀로 고정되었다. 새삼스럽지만 처음에 비하면 영업시간이 엄청나게 줄어든 셈이다.

디어마이블루가 이 기간 동안 판매한 책은 총 282권으로 하루 평균 10.4권을 팔았다. 초도 물량과 두 번에 걸친 추가 입고분, 직거래 출판사 책을 더해 들인 책이 총 896권이니 한 달 동안 서점에 있는 책의 약 32퍼센트를 팔았다. 매출 금액으로는 4,158,000원, 판매된 책의 권당 평균 가격은 14,744원이다. 겉보기로만 보면 언뜻 괜찮아 보일 수도 있지만 사실 저 실적은 한숨이 나오는 수치다.

계산해보니 판매된 책들의 평균 공급률은 72퍼센트였다. 그렇다면 4,158,000원에서 수익률은 28%, 결국 한 달간 서점에서 발생한 실 매출은 1,164,240원이라고 봐야 한다. 연세로 1년치 월세를 한꺼번에 지불했지만 연세를 다시 12분의 1로 나눴을 때 해당하는 월세와 각종 공과금, 물류비, 카드 수수료 등을 빼면 순이익은 없는 거다. 인건비는 당연히 존재하지도 않는다. 책의 종수를 최소화하고 정말 내가 팔 수 있을 것 같은 책들을 엄선해 굉장히 보수적으로 책을 들였건만 매일 10권씩 파는 걸로는 어림도 없단 소리다. 신간을 주기적으로 들이거나 기본 보유 권수가 우리보다 훨씬 많은 서점이라면 하루에 도대체 몇 권을 팔아야 할까.

이제 진짜 일을 해야 할 때

디어마이블루는 일단 별다른 홍보와 자체 프로그램, 이벤트 없이 오로지 책 판매만으로 한 달을 지냈다. 서점 오픈한 시기가 꽃의 수명이 짧은 여름이기도 했고 서점에 집중하느라 꽃집은 들어오는 예약 주문만 소화하고 수업은 진행하지 않았다. 인스타그램을 제외하면 블로그, 네이버 검색 페이지, 페이스북 페이지, 홈페이지 모두 방치된 거나 마찬가지였다. 오히려 알리려는 최소한의 노력도 자제하고 있었다는 편이 더 맞을 텐데, 변명을 하자면 당시로선 다분히 의도적인 거였다. 내가 서점을 오픈해놓고 한 달 정도 후인 8월 말부터 2주 정도 여행으로 서점을 비울 예정이었기 때문이다. 사람들은 가게 연 지 한 달 만에 2주씩 여행가는 나를 보며 제정신이 아니라고 했지만, 당시 제주 이주와 꽃집과 서점 오픈으로 몇 달을 휘몰아쳐 일했기 때문에, 본격적으로 꽃서점을 가동하기 전에 숨

고르는 시간이 필요했다(고 변명을 해본다).

여행 2주 동안은 아주 쿨하게 서점 문을 잠시 닫는 쪽으로 결론을 내렸다. 그러자 주변의 자영업자 선배들은 아르바이트를 쓰더라도 서점 문은 계속 열어야 한다고 또 걱정하셨다. 하지만 당시 최저시급 7,530원에 7시간이면 아르바이트의 일당은 52,710원이다. 정가 15,000원에 공급률 70퍼센트인 책을 12권은 팔아야 아르바이트비를 줄 수 있다. 매일 그 정도까지 책을 팔기는 어려울 거고, 초반이라 알바에게 맡기고 떠나기엔 내가 더 불안할 것 같았다. 그리고 디어마이블루에 대한 첫인상을 단기 알바에게 맡기느니 '찾아오는' 손님의 비중이 현저히 적을 때 후딱 다녀와서 더 밝은 모습으로 내가 직접 맞아드리는 게 나을 거라고 생각했다. 동네 서점을 운영하는 데 아직까지도 확고한 나의 신념은, 동네 서점이라 함은 주인이 있어야지만 완성되는 공간이니까 말이다.

2주 여행을 다녀왔더니 또 추석 연휴가 이어져 많이 쉬고 조금 일하는 9월을 보냈다. 머릿속엔 할 일이 늘 꽉 차 있었으니 만족스러운 휴식의 시간은 아니었지만 그때까지만 해도 워밍업이라는 생각이 강했다. 어쩌면 더 이상 숨을 수도 미룰 수도 없는 현실이 눈앞에 다가온 게 두려웠는지도 모른다. 이제 진짜로 '일'을 해야 할 때였다.

일 모드 전환이 쉽게 되지 않을 것 같은 날은 부러 몸에 딱 맞는 옷과 내 신발 중에 몇 안 되는 또각또각 소리를 내는 구두를 신고 나선다. 옷이 불편하면 몸이 늘어지는 걸 막을 수 있어서 일하기 싫어 꾀가 날 땐 오히려 한껏 차려입는 게 효과적이다. 확실히 차려입은 만큼 정신도 차려진다. 그해 가을은 내내 그렇게 차려입고 다닌 것 같다.

봄날만큼
따뜻한 손님들

아침부터 이곳저곳을 걷다가 서점 오픈 시간에 겨우 맞춰 부랴부랴 출근했다. 서점 주인도 서점에 있기 싫을 정도로 날이 좋은데 누가 올까 싶어서 밀린 분갈이나 하며 몸이나 쓸 요량이었다. 몸을 쓰면 잡생각이 없어지고 시간도 빨리 가서 이럴 땐 꽃집과 서점을 같이 하길 참 잘했다는 생각이 든다.

그런데 서점 오픈을 해놓고 음악 세팅까지 딱 끝냈을 무렵 렌터카 한 대가 주차장으로 들어오더니 젊은 여자분이 혼자 내렸다. 여행 중이라는 그녀는 머뭇머뭇 서점을 둘러보더니, "커피는 안 파나요?"라고 물었다. 기계처럼 대답이 자동으로 나올 정도로 많이 들었던 질문이라 나는 기계처럼 웃음 지으며 우리 서점에 대해 설명해주었다. 그녀는 열에 아홉이 보이는 반응대로 "아아~ 네" 하고 잘 알아들었다는 듯 고개를 끄덕이더니 다시 책들을 살펴보았다. 손님이 있으니 분갈이를 하러 꽃집 동으로 가진 못하고 그저 컴퓨터 앞에 앉아 내 할 일을 하고 있는데 갑자기 그분이 "아무래도 커피가 필요할 것 같아요. 저 가서 커피 좀 사올게요"라고 말하고 그냥 나가버리는 거다. 근처에 커피를 마시면서 책은 공짜로 볼 수 있는 북카페도 많은데, 애초에 우리 서점이 어떤 곳인지 알고 음료를 미리 준비해온 것도 아닌 여행객이 커피 값과 책값이 이중으로 드는 이곳에 번거롭게 다시 올 리가 없다는 생각이 들었다.

역시나 그녀는 30분이 넘어가도록 오지 않았다. 5분도 안 되는 거리에 스타벅스가 있으므로 그녀가 나갔을 때 들었던 나의 생각은 이미 확신으로 변해 있었다. 그렇지만 다들 예상했다시피 그녀는 결국 다시 왔다. 다시 안 왔으면 이 글이 시작되지도 않았겠지.

여기서 중요한 건 그녀가 내 커피까지 사들고 왔다는 점이다. 알고 보니 그녀의 직업은 바리스타였는데 일부러 가까운 스타벅스를 피해 더 먼 거리에 있는 유명한 핸드드립 커피 집을 찾아갔단다. 그런데 그 집이 오후에 여는 걸 몰랐던 탓에 앞에서 한참을 기다리다 어쩔 수 없이 근처의 다른 집에서 커피를 사왔다고 했다.

생각지도 못한 커피도, 다시 와준 그녀도 너무 고마웠다. 그녀는 "저 좀 오래 있어도 되죠?" 하면서 책을 사서 마감 직전까지 읽다가 갔다. 중간에 내가 추천하는 식당에 밥도 먹으러 다녀왔다.

일을 아주 빡세게 하다 그만두고 지금은 잠시 쉬고 있다는 그녀에게 이 여행이 어떤 의미였는지는 모르겠다. 하지만 히키코모리도 바람이 나서 밖으로 뛰쳐나갈 것 같은 좋은 날씨에 자신의 소중한 시간을 우리 서점에서 써준 것만으로도, 내가 이 공간을 만든 보람을 느끼게 해주기에 충분했다.

그녀는 나가면서 마지막에 이런 말도 남겼다.

"참 멋진 곳이네요."

그녀야말로 나에게 온종일 서점을 지키는 일이 얼마나 즐거운지를 알게 해준 참 멋진 손님이었다.

그날도 날이 참 좋은 일요일이었다. 따뜻한 봄기운이 완연해서 역시나 손님이 별로 없겠거니 지레짐작하고 있었는데 문 열기가 무섭게 3팀이 들이닥쳤다. 2팀은 커플, 1팀은 젊은 여자분 두 분이었다.

이런 날 일부러 서점을 온 분들답게 다들 열심히 책을

고르셨고 나는 손님들이 책을 집는 대로 열심히 설명하기 바빴다. 그러다 여자분끼리 온 손님 중 한 분이 "내일은 몇 시부터 여세요?"라고 물었다.

"저희 월요일, 화요일이 휴무라서요."

"아, 진짜요?"

"네, 죄송해요. 내일 책 읽으러 오시려고요?"

"아니, 그게…… 책을 내일 사려고요."

"네? 왜요?"

"월급이 내일 들어오거든요."

순간, 너무나 천진난만하면서도 전혀 예상치 못했던 그 말에 서점에 있던 모두가 그만 '풋'하고 말았다. 나는 들고 있던 책으로 얼굴을 가리고 주저앉았다. 무방비 상태에서 훅 들어온, 아이의 '용돈'이 아닌 어른의 '월급' 공격이 너무 순수하고 진지해서 도저히 서서 받아낼 수가 없었다. 겨우 진정하고서, "무슨 책을 사시려고요?"라고 물었는데 손님이 고른 책은 나도 개인적으로 좋아하는 작가의 정말 좋은 책이었다. 순간 '그냥 줄까?' 싶었지만 다른 손님들도 있어서 그렇게 말을 꺼내기가 쉽진 않았다.

"사실 저희 서점은 독립 출판물을 소개하는 곳은 아니어서 여기 있는 책들은 다른 서점이나 인터넷 서점에서도 다 사실 수 있거든요. 물론 저는 저희 서점에서 구입해주시면 제일 좋긴 하지만 여건이 안 되시면 나중에라도 이 책은 꼭 한번 읽어보세요."

"아니요, 저 꼭 여기서 사고 싶어요. 다른 책도 더 보고 싶고 그 도장도 받고 싶고…… 근데 저희가 화요일에 돌아가는데 내일이랑 모레가 다 휴무시라고 해서…… ."

"음…… 그럼 제가 내일 어차피 꽃시장을 갔다가 정리를 하러 나오긴 해야 하니까, 오실 때 연락을 주시겠어요? 서점 열어드릴게요."

"정말요? 너무 고맙습니다! 내일 꼭 다시 올게요!"

그 손님들은 물개 박수를 치며 명함을 들고 떠났고 서점에 있던 모두는 한마디씩 거들었다.

"저 제가 계산해준다고 할 뻔했어요."

"저도요. 근데 너무 귀엽지 않아요? 월급이 내일 들어온대."

"책을 얼마나 사려고…… 사장님, 일부러 나오시는 건데 많이 파세요."

순식간에 화기애애해진 서점에서 각기 온 두 커플은 기분 좋게 책을 여러 권 사서 나가시고, 나 역시도 생각할수록 웃음이 새어 나오던 상황과 그 여자분들의 간절했던 표정을 떠올리면서 기분 좋은 하루를 보낼 수 있었다.

후일담 – 일요일의 월급 소녀들은 다음 날 오후 5시가 넘어서 정말로 다시 왔다. 창가에 앉아 일을 하다가 뚜벅이 여행자들이 저 멀리서 도도도도– 달려오는 모습을 보고 나도 버선발로 달려 나가 반갑게 맞았다. 책은 모두 3권을 샀는데 정말로 월급을 받아 찾아온 것인지 모두 현금으로 계산했다. 다행히 카드사가 다 채가지는 않았나 보다.

서점에 올 때도
예의가 필요합니다

무엇을 상상하든 그 이상인 손님들

드디어 우려했던 일이 발생했다. 들어오자마자 호들갑
스럽게 설정 사진만 찍고 그냥 나간 여자애들이 등장한 것
이다. 내가 단골손님 꽃 포장 때문에 안쪽은 책을 산 손님
들이 조용히 읽는 공간이라고 안내하고 잠시 꽃집 동에 가
있는 사이 벌어진 일이었다. 앉아 있는 손님도, 나도 없었
던 탓에 그들은 개의치 않고 소파에 앉아 책장에서 마구
책을 빼 와 읽는 척하는 설정 사진을 번갈아 찍고 갔다고
한다. 꽃을 갖고 돌아오니, 그 사이 서점을 지키던 단골손
님이 나보다 더 분노하며 그 사람들의 행태를 대신 욕해주
었다.

한 번은 어떤 남녀가 서점 문을 열고 밖에서 사진 좀 찍다 가면 안 되냐고 물어봤다. 흔쾌한 마음까지는 아니었지만 알았다고 하고 안에서 보고 있는데, 갑자기 봉고차가 한 대 들어오더니 웬 예쁘장한 여자애들이 단체로 내렸다. 알고 보니 무슨 쇼핑몰 촬영이었다. 당장 달려 나가서 개인적으로 한두 장 찍는 거야 상관없지만 상업 촬영은 절대 안 된다고 얘기하고 쫓아 보냈다.

책과 전혀 상관없는 개인적인 질문을 아무렇지도 않게 하는 손님도 많다. 나이나 결혼 여부와 연세가 얼마인지부터 하루에 얼마 버는지 집은 어디인지 등등. 처음 보는 사람한테 그런 질문을 하는 것이 얼마나 이상한지는 다 알고 있을 텐데도, 제주 이주민들에게 가지는 불필요한 호기심은 아주 기본적인 예의까지 잊게 만드는 경향이 있다.

서점의 화장실을 멋대로 사용하는 일도 허다하다. 서점의 화장실은 하루 종일 서점에 있는 나를 위한 개인 공간이자 서점에서 책을 구입한 후 머물면서 읽는 손님들을 위한 공간이다. 결코 공중화장실이 아님에도 그냥 들어와서 당당하게 화장실만 쓰고 나가거나 먹던 음식물이나 온갖 쓰레기를 화장실 쓰레기통에 버려놓고 가면 도대체 내가 왜 그 뒤처리를 하고 있어야 하는지 짜증이 치솟는다. 지난여름엔 바닷가에 다녀온 젊은 엄마가 화장실에서 아이 모래를 씻겨서 바닥을 모래투성이에 물바다로 만든 적이 있었다. 따지는 나에게는 적반하장으로 화를 냈다. 그 일을 계기로 디어마이블루 화장실은 'staff only'로 바꿔버렸다.

읽다 가는 경우를 제외하고는 보통 손님들이 서점에서 머무르는 시간은 정말 길어야 1시간 내외이다. 책도 보지 않으면서 차로 2분 거리의 공중화장실을 두고 남의 가게 화장실을 꼭 써야 할 이유가 무엇인지 모르겠으나, 정말로 급하다거나 아이 때문에 화장실을 이용해야 한다면 정중히 양해를 구하면 된다. 나도 사람인지라 부탁하는 사람에게 화장실도 못 쓰게 할 정도로 매정하진 않다. 카페나 음식점처럼 먹을 것을 팔지 않는 공간에서 어떤 소비도 하지 않으면서 배설만 하고 가는 게 얼마나 얌체 같은 일인지 사람들이 제발 좀 알았으면 좋겠다.

가장 최근의 소위 진상 손님은 이런 경우였다. 코로나로 한창 민감할 때였는데 한 커플이 서점에 들어오자마자 책은 안 보고 안쪽 공간에서 사진만 찍었다. 뒤돌아 있어서 몰랐는데 문득 돌아보니 둘 다 마스크를 벗고 있었다. 순간 놀라서 서점 내에서는 마스크를 계속 쓰고 있어야 한다고 했더니 기분 나쁘다고 바로 나가 버렸다. 분명 안쪽 공간은 서점에서 책을 산 손님들이 이용하는 공간이라고 안내했는데, 버젓이 자리를 차지하고 앉아 온갖 설정으로 마스크까지 벗고 사진만 찍다가 간 것이다. 당연히 책은 사기는커녕 한 권 들춰보지도 않았다. 그리고는 SNS부터 우리 서점을 포스팅한 다른 손님들의 모든 블로그를 부지런히도 다니면서 거짓말을 지어내며 온갖 악평을 해놓았다. 본인들이 남의 서점에 와서 그 공간의 룰은 무시한 채 저지른 만행은 쏙 빼놓고, 불친절 '관광지'를 근절하겠다는 정말 손이 오그라들고 무식한 표현까지 서슴지 않으면서 말이다.

서점 오픈 때부터 내가 가장 강조했던 게 서점을 관광지나 소위 핫플레이스로 만들지 말아달라는 거였다. 책에 관심도 없으면서 설정 사진만 찍고 서점 주인에게 말도 안 되는 친절을 바랄 거라면 입장료를 백만 원씩 내던가. 난 서점을 연 거지 무료 관광지를 연 게 아니다. 공짜로 책 보고 싶으면 도서관에 가면 되고 예쁜 사진을 찍고 싶으면 카페나 진짜 핫플레이스를 찾아가면 될 일이다. 제주에 디어마이블루보다 인테리어 멋있고 전망 끝내주고 예쁜 카페가 수백 개는 된다. 카페 가서 아무것도 안 시키고 자리에 앉아서 거기 있는 소품 들고 온갖 포즈로 설정 사진만 찍고 나오는 건 본인들도 진상이라고 생각할 거면서,

왜 똑같이 정성 들여 가꾸는 서점에서 그렇게 무례하게 행동하는지 정말 모르겠다.

이 사건은 인스타그램과 제주 동네 서점에서 너무 유명해서 아마 우리 서점 팔로워 분들이라면 다들 기억할 것이다. 내 개인 카톡까지 알아내서 새벽 5시에 디어마이블루 망하라고 장문의 저주 문자까지 퍼붓는 등 그들의 행태가 너무 악질적이어서 잘 모르는 분들조차 캡처 화면과 자신들의 블로그에 남긴 증거 사진들을 보내주며 명예훼손 등으로 고소하라고 했지만, 시간이 아까워서 나는 단 한 번의 대꾸나 대응도 없이 철저히 무시했다. 어쨌거나 이 사건 덕분에 디어마이블루 팔로워는 더 늘었고 그동안 서점을 다녀갔던 수많은 손님에게 엄청난 응원의 메시지와 선물까지 받았으니 그걸로 되었다.

사실 동네 서점에 와서 사진 찍는 행위 자체가 잘못된 것은 아니다. 디어마이블루는 구입하지 않은 책의 표지만 클로즈업하거나 본문 내지를 촬영하는 것 외에는 오픈부터 지금까지 단 한 번도 사진 촬영에 제재를 가한 적이 없다. 내가 궁극적으로 말하고 싶은 것은 그래도 우린 기본적으로 서점이니까, 이곳의 정체성은 독자를 기다리는 책들이니까, 그 책들을 들춰보는 척이라도 해주면 안 되겠냐는 것이다. 막상 서점이라고 들어왔는데 진열된 책들이 취향이 아닐 수도 있고, 열심히 둘러봤지만 사고 싶은 책이 없을 수도 있다. 우리는 특히 200종만 파는 서점이라 선택지가 좁은 편이니 더욱 그렇다. 사고 싶은 책이 없어 그냥 나가려니 아쉽기도 하고 기념이라도 남기고 싶어서 사진 좀 찍는다면 뭐가 문제겠는가.

한 번은 대놓고 "난 책 따위 보러 온 거 아닌데"라고 너무 당당히 얘기하며 화장실에서 옷까지 갈아입으며 사진 찍는 중년 손님 때문에 열이 받아서 이곳은 서점이라고 바로 면박을 주고 쫓아내다시피 내보냈다. 그리고 인스타그램에 그 행태를 비난하는 글을 올렸더니 같이 왔던 딸이 전화를 걸어왔다. 혹시 그 얘기 자기들 얘기냐며 기분이 나쁘니 당장 글을 내리라고 했다. 난 그 사람들의 인적 사항은 하나도 모르는 상황이었기에 그들의 아이디나 무슨 해시태그를 건 것도 아니고 그들의 사진을 찍어 올린 것도 아니었다. 그런데도 나한테 손님을 그런 식으로 '저격'하는 게 정상이냐며 소리를 질렀다. 그래서 난 두 가지 목적으로 이걸 올렸는데 공개적으로 올렸을 때는 혹시라도 당사자가 볼 걸 생각해서 보고 기분 나쁘라고 올린 거고, 또하나는 댓글 같은 손님들이 또 올까 봐 그런 손님들이 안왔으면 해서 올린 거라고 했다. 그랬더니 그 글 때문에 자기 여행을 망쳤다고 울고불고 하길래 나도 당신들 때문에 매우 기분이 나쁘고 내 하루를 다 망쳤다고 어떻게 책임질 거냐고 오히려 따졌다.

동네 서점 손님들에게 드리는 당부의 말씀

많은 동네 서점 주인이 공감하는 부분일 텐데, 책을 안 사더라도 어떤 책이 있는지 둘러보고 한 권쯤 들춰서 내용을 살펴보기도 하고 책에 대해 질문하기도 하는 그런 정도의 성의와 관심이 얼마나 큰 힘이 되는지 모른다. 서점에 와서 책 구경하는 건 당연한 일이라고 생각했던 이 부분이 제주에서 서점을 하다 보니 그 자체로 '고마운' 일이 되어 버렸다. 다른 지역의 동네 서점들은 상황이 어떤지 잘 모르겠어서 비교가 불가하겠지만, 적어도 제주의 동네 서점들은 소위 사진 찍기 좋은 핫플레이스와 먹고살기 위해 책을 팔아야 하는 상점과 허울뿐인 복합문화공간 혹은 마을 사랑방 사이의 그 어느 경계에서 늘 싸우고 있는 느낌이다.

그럼에도 불구하고 난 몇몇의 서점들이 행하고 있는 것처럼 서점에서 책을 산 사람만 사진을 찍게 한다거나 사진 촬영을 아예 못 하게 하는 규제를 두고 싶은 마음까지는 없다. 그래도 일부러 서점을 찾아오는 대부분의 사람의 선한 호기심과 양심을 믿고 있고, 몇몇의 몰상식함과 몰염치 때문에 정말 좋은 마음으로 동네 서점을 찾는 분들에게 장벽을 치고 싶지도 않기 때문이다. 물론 더 제주스럽고 더 감성적인 느낌이 가득한 서점들은 우리와 비교도 안 될 정도로 시달릴 테니 각자의 상황에 맞게 규칙을 정하는 것 역시 어쩔 수 없는 일이라 생각한다. 오죽하면 땅스북스에서 만화가 수신지 작가님과 함께 서점에서 지켜야 할 아주 기본적인 예의를 그림으로 담은 '동네 서점 사용법 캠페인'이라는 걸 만들어서 배포하고 있을까.

이 책을 보는 여러분은 안 그러겠지만 동네 서점에는 생각보다 다양한 사람들이 오고, 서점 주인장들은 자신들의 공간을 지키며 좋은 책을 잘 소개하기 위해 나름의 방법을 강구하며 노력하고 있다. 그러니 어디든 동네 서점을 방문할 때는 각각의 공간이 정한 규칙을 먼저 잘 살펴봐주면 좋겠다. 사진 촬영에 별다른 규제가 없더라도 사진 찍기 전에 "혹시 사진 찍어도 되나요?" 물어보고, 들어오고 나갈 때 "안녕하세요?", "안녕히 계(가)세요" 인사를 나누고, 설령 책을 사지 않더라도 진심을 담아 "잘 봤습니다"라고 말하는 정도의 예의와 배려면 더 바랄 게 없겠다.

너와 나의
비밀 택배

위기의 순간에 시작한 새로운 시도

지구인 모두 미처 경험해보지 못했던 2020년이었다. 초반의 낯설고 당황스러운 시간을 지나 이 새로운 환경에 어느 정도 적응해가는 모양새지만, 동네 서점들을 비롯한 많은 영세 자영업자들이 벼랑 끝까지 내몰렸다. 사람들이 집에서 나오지 못하니 독서량이 평소보다 늘었다는 얘기도 들리나, 그에 따른 수혜는 전자책 회사나 온라인 서점들의 몫이었을 뿐이다.

디어마이블루는 원래도 사람들이 줄 서서 기다리다 들어와 책을 사거나 하루 평균 매출이 몇백만 원씩 하던 곳은 아니라서인지 다행히 매출 하락의 폭이 크진 않았다.

그나마도 사람들이 해외나 다른 데를 못 가서 상대적으로 제주에 많이 온 덕분일 거다.

사실 서점만 보자면 어느 정도 버틸 만했지만, 꽃집의 타격은 말이 아니었다. 2분기까지는 사태의 심각성을 그다지 못 느낄 정도로 그럭저럭 유지가 되었는데 이후 모든 대면 행사가 취소되고 결혼식들도 연기되면서 꽃 주문은 급격하게 줄어들었다. 플라워 클래스도 잠정 중단했다.

제주에서도 확진자가 늘어나면서 사태가 심각할 때는 손님이 와도 걱정, 안 와도 걱정이었다. 많은 사람의 손길이 닿지만 소독하기 어려운 책의 특성상 계속 손님을 받기가 무서워 며칠 서점 문을 닫기도 했다. 하지만 꽃 주문도 없는데 마냥 손가락 빨 수만은 없기에 이런저런 고민 끝에 택배 서비스를 해보기로 했다. 동네 서점 중에서도 일정 금액 이상 책을 주문하면 택배 배송을 해주거나 자체 온라인 스토어를 가진 곳들이 이미 꽤 있지만, 독립 출판물이나 굿즈가 하나도 없는 우리의 경우엔 크게 경쟁력이 없을 거라는 판단에 택배 배송은 하고 있지 않았다. 대형 온라인 서점의 10퍼센트 할인에 한 권이라도 무료 배송 정책을 생각했을 때, 독자들이 일반 상업 출판물을 택배비까지 부담하며 주문하게 하려면 뭐가 달라도 달라야 했다. 그래서 시작하게 된 것이 이름하여 비밀 택배였다.

차별화된 포장과 편지로
감성 서비스를 제공하다

비밀 택배는 일반적인 주문처럼 자신이 읽을 책을 골라서 주문하는 것이 아니라, 자신의 관심사나 자신을 드러내는 키워드 세 가지를 알려주면 내가 그에 맞는 책 두 권을 골라 추천 이유를 함께 적어 보내주는 것이다. 받았을 때 선물 받는 느낌이 들도록 예쁘게 포장하고 엽서와 책갈피도 사은품으로 넣었다. 우리가 꽃집을 같이 해서 좋은 점은 이런 부분에서 마음껏 우리만의 감성을 발휘할 수 있다는 점이다. 꽃집의 필요 때문에 구비한 포장지와 포장 용품들이 다양해서 좀 더 특별한 포장이 가능하고, 때로는 드라이플라워 다발을 사은품으로 넣거나 크리스마스 시즌엔 미니 리스 카드를 패키지로 구성하기도 하였다. 택배 박스도 두 권이 딱 들어가도록 사이즈에 맞춰 주문하고 우표 콘셉트의 디어마이블루 스티커까지 붙이자 맞춤 제작 상품 같은 느낌이 폴폴 풍겼다.

사실 이런 정성스런 책 포장은 SNS 노출을 고려한 것이었다. 다들 집에서 나가지도 못하고 온갖 것을 택배로 받아 해결하고 있으니 이런 책 포장이라도 여기저기 자랑할 수 있도록 최대한 신경을 썼다.

다행히 반응이 좋았다. SNS에 올리자마자 그날 하루만 10명이 넘게 주문했고, 이후에도 꾸준히 주문이 이어졌다. 책을 받은 사람들의 반응은 더 고무적이었다. 패키지 가격이 33,000원이었으니 서점을 열지 않고도 일정 부분의 매출을 온라인 주문으로 메꾼 것이다.

사람들은 포장부터 정성이 가득 담겨 있으니 선물 받는 느낌이었던 데다, 책을 펼치면 그 사람을 생각하며 고른 마음을 고스란히 담은 손편지까지 있어 더 특별했다고 한다. 또한 어떤 책이 올지 모르니 그걸 기대하는 과정부터가 새로운 설렘이고, 평소에 몰랐던 책이나 자신과는 다른 관점에서 책 추천을 해주어 독서 경험이 더 풍부해졌다며 좋아했다. 결국 디어마이블루에 직접 오지 않고도 우리의 감성과 서비스를 집에서 누리는 셈이었다. 그렇다 보니 한 번 이 서비스를 이용한 분들은 열혈 팬이 되어 자신의 지인이나 친구, 배우자 등 주변 사람에게 선물용으로 재주문하는 일이 벌어졌다.

문제는 책마다 그 책에 맞춰 다른 포장지와 포장 재료를 쓰다 보니 포장 시간이 꽤 오래 걸린다는 것이었다. 책을 고르고 추천 이유를 손으로 하나하나 쓰는 것도 생각보다 시간이 오래 걸렸다. 예를 들면 김성라 작가의 《글사람》을 추천하는 내용은 이렇다.

이 책은 제주 출신으로 제주의 이야기를 쓰고 그리는 김성라 작가가 봄 향기가 가득했던 전작 《고사리 가방》에 이어 출간한 두 번째 책입니다. 곧 다가올 겨울, 점점 추워지면서 몸도 마음도 굼떠지는 1년의 마지막 계절에 방구석에서 이불 뒤집어쓰고 읽기 딱 좋은 책이에요.

프리랜서인 작가는 유독 일감이 떨어지는 겨울마다 실제 숙모의 귤밭에서 귤 따는 아르바이트를 하는데요, 그 생생한 이야기가 귀여운 일러스트와 해석을 같이 읽지 않으면 뜻을 헤아리기 어려운 구수한 제주 토종 사투리로 표현되어 있습니다. 혹자의 표현으로는 이 세상 귀여움이 아니라는 이 책이야말로 ㅇㅇ님의 감성을 마구 충전시켜드릴 수 있지 않을까 싶어서 골랐어요. 가족이 다 같이 읽으시고 다음에 제주 오시면 귤 따는 체험을 해보셔도 좋을 듯합니다!

작년 하반기 디어마이블루 베스트셀러 중 하나였던 조태호 작가의 《당신의 이유는 무엇입니까》를 소개하면서는 이렇게 썼다.

몇 년 전부터 일과 여가의 균형을 지키는 게 중요하다는 일명 '워라밸' 열풍이 불면서 열심히 산 사람들을 위로하는 힐링 키워드를 넘어 너무 열심히 살 필요가 없다고까지 얘기하는 책들이 서점가를 장악했습니다. 사실 그동안 성과주의가 만연했던 한국의 피로사회에 대한 부정적인 인식이 반영된 결과겠지요. 그럼에도 불구하고 아직 우리에겐 최선을 다해 묵묵히 자신의 길을 걸어가 꿈을 이룬 사람들의 이야기가 주는 진정성과 묵직함을 미련하다 비웃지 않고 박수를 보낼 심장이 남아 있다고 믿고 싶습니다. 코로나블루로 지쳐 있던 저에게 다가와 힘이 되어준 이 책이 △△님에게도 '잘 찾아간' 책으로 남기를 바랍니다.

코로나 바이러스 때문에 일시적 이벤트로 진행하려던 이 비밀 택배는 디어마이블루의 새로운 서비스로 자리 잡았다. 오랫동안 이어져 온 거리두기 때문에 자칫 마음의 거리까지 멀어질 수 있는 지금 시기에 꼭 맞는 서비스였다는 후기를 보며, 사람의 온기와 정성 가득한 이 서비스가 코로나 사태가 지나간 이후에도 대형 서점의 택배들보다 더 사랑받았으면 하는 바람을 가져본다.

동네 서점의
지속가능성을 위하여

디어마이블루가 오픈한 다음 해 2월 즈음, 반경 5~7km 안에 서점이 4개가 더 생겼거나 생길 예정이라는 소식이 들려왔다. 3월 안에는 모두 오픈한다니 아마도 봄이 되면 제주 서쪽의 어느 해안가(涯) 초승달(月) 모양 마을에는 새로운 서점 지도가 그려질지도 모를 터였다. 더 이상 인터넷 포털 사이트에서 '애월 서점'이라고 검색했을 때 '디어마이블루'가 제일 먼저 나오는 일도 없을지 모른다.

이 얘기를 들은 지인들은 가뜩이나 사람들이 책을 안 사는데 근처에 서점이 계속 생기면 제 살 깎아 먹기가 되는 거 아니냐고 걱정했다. 하지만 내 생각은 좀 달랐다. 어차피 서점은 먹는 장사가 아니라서 이 집과 저 집 중에 취사선택이 필요한 업종이 아니다. 이 집에서 먼저 뭘 먹었으니 배가 불러서 저 집에선 아무것도 못 먹는 게 아니라, 서점들이 몰려 있으면 오히려 책 좋아하는 사람들이 와서 한 번에 둘러볼 수 있으니 장점이 더 많았다. 이 서점, 저 서점 돌아가며 여러 콘셉트의 서점을 볼 수 있도록 각각의 특색만 잘 드러낸다면, 이미 자리 잡은 유명 서점이 많은 동쪽만큼 서쪽도 책방 여행지로 주목받게 될 수도 있다.

서점을 하다 보면 관광객은 물론이고 정년퇴직을 하고 제주로 내려왔다는 이주민부터 제주 토박이인데 직장생활 말고 다른 일을 찾고 있다는 분들까지 참으로 많은 사람에게 "서점을 하고 싶은데 어떻게 해야 할까요?"라는 질문을 받는다. 그러면 반대로 내가 "어떤 서점이 하고 싶으신데요?"라고 묻는데, 이 질문에 제대로 대답하는 사람은 한 명도 없었다. 보통은 '왜' 하고 싶은지만 장황하게 늘어놓는다. 서점이 왜 하고 싶은지 내가 알아서 뭐 하겠는가. 하고 싶으니까 하는 거겠지.

다들 책이 안 팔린다는 건 충분히 알고 있지만 자신의 취향을 담아 큐레이션한 책을 소개하는 게 로망이고, 그곳에서 사람들을 모아 독서 토론도 하고 글쓰기 모임도 하면 좋겠다고 한다. 본인이 좋아서 하는 일이니 그 정도만 되어도 만족할 수 있다면서 말이다. 나는 그건 솔직히 서점이 아니라고 생각한다. 그냥 본인 취미 공간에 사람들 놀러 오라고 하는 서비스업이다. 그런 공간을 만들고 싶은 거라면 지금 당장이라도 하면 된다. 단, 재벌이 아닌 이상 1년 뒤에 접을 걸 각오하고 말이다.

내가 말하는 '어떤 서점이 하고 싶으냐'는 말은 다시 말하면 '어떻게 책을 파는 서점이 하고 싶으냐'는 뜻이다. 조금이라도 먼저 서점을 연 사람으로서 꼭 한 가지만 얘기하자면 우리가 파는 '책'은 그 자체로는 차별성이 없다. 이것을 다르게 보여주는 것이 결국 개성이자 힘인 것이다. 이건 큐레이션하고는 또 다른 문제이다. 사회봉사를 위해서가 아니라면 이 고민 없이 취미로라도 서점을 하겠다고 생각하는 건 정말 무모한 일이다.

서점의 차별화를 위해서 동네 서점들이 가장 많이 취하는 것이 특정 분야의 책만 전문적으로 소개하는 테마 서점이다. 인문사회과학이나 문학, 예술, 여행, 요리, 어린이 책 등 한 가지 분야에 집중해서 그 범위 안에서 다양하고 깊이 있게 책들을 소개하고, 그와 관련한 소품을 같이 팔거나 저자 강연 등과 연계하기도 한다.

아예 본업을 따로 두고 무인 서점을 하거나 오전이나 심야에만 여는 서점도 있다. 서울의 '아직 독립 못 한 책방'

처럼 특이하게 약사가 자신의 약국 안에 서점을 차린 케이스도 있다.

북카페나 북스테이, 책을 보면서 술을 마실 수 있는 북맥 서점까지 형태적으로 다른 업종과 결합하는 경우도 많다. 디어마이블루는 꽃서점이라고는 하지만 꽃집과 서점을 분리해두어서 엄연히 말하면 내가 그냥 두 개의 가게를 하는 셈이다. 처음에는 사람들이 책을 사러 왔다가 꽃도 같이 사고, 꽃을 사러 왔다가 책도 같이 사는 개념을 생각한 거였는데, 위치와 공간 때문에 전략을 수정하게 되었다. 애월의 고내리는 유동인구는 1도 없이 올 이유가 있어야만 오는 곳이고 여행객들의 경우 오가다 우연히 들어와도 책과 꽃은 그냥 편하게 살 수 있을 정도로 진입장벽이 낮은 품목이 아니기 때문이다. 매출 면에서 보자면 현재로서 두 품목의 시너지는 생각한 만큼은 아니지만 사람들에게 처음 서점을 각인시키는 데는 확실한 효과가 있었다. 디어마이블루 위치가 서울이거나 제주도라도 시내권이라면 아마 읽는 공간을 없애고 한 공간에서 꽃집과 서점을 같이 하는 형태가 훨씬 더 매력적일 거다.

디어마이블루를 열고 얼마 되지 않아서였다. 전혀 알려지지 않은 1인 출판사의 책을 SNS에 올렸는데 며칠 지나 다른 동네 서점 SNS에 그 책의 입고 소식이 올라왔다. 우리는 오픈 초기부터 200종의 책만 입고하는 걸 원칙으로 삼았기에 입고 책의 기준이 엄격한 편이다. 한정된 종수를 들이니 항상 최선의 선택을 해야 하기 때문이다. 그렇기에 우리 서점 입고 책들은(물론 내 기준에서긴 하지만) 만듦새와 내용이 어느 정도 보장되면서 책의 공급률도 일정 수준을 넘지 않는 것들이다.

처음엔 다른 동네 서점에서 입고한 것이 당연히 우연이라고 생각했다. 아무리 안 알려진 책이라도 세상에서 그 책을 나만 알란 법은 없으니까. 하지만 그 이후로 우리가 책을 소개하거나 서점을 다녀간 손님이 어떤 사진을 올리고 나면, 어김없이 그곳의 '새 책 입고 목록'에 똑같은 책이 올라오는 것을 보면서 슬슬 짜증이 나기 시작했다. 그러다가 결국 특정 책 소개를 중단한 계기는 그 서점 때문이 아니라 엉뚱한 데서 터졌는데, 다른 지방에서 온 어떤 관광객 손님이 자기네 동네 서점이랑 디어마이블루 분위기가 너무 비슷하다고 한 것이다.

부랴부랴 SNS를 찾아 들어갔더니 오픈한 지 두어 달 남짓한 곳이었고, 뭔가 비슷한 건 알겠는데 그렇다고 이걸 가지고 뭐라 하기는 애매한 상황이었다. 정면 벽의 타공판을 이용한 디스플레이나 책의 종수를 제한한 점, 무엇보다 한정된 종수 내에서도 목록 중에 겹치는 게 유독 많고 SNS에 사진을 올리는 스타일도 비슷했지만, 당시로서 내가 할 수 있는 일은 자신의 개성이나 소신 없는 동네 서점이 오래 갈 리 없다고 믿는 것뿐이었다. 아니나 다를까, 그곳은 오픈한 지 1년도 안 되어 문을 닫고 말았다.

얼마 전에 출간된 어느 유명 동네 서점 주인장의 책에도 이와 비슷한 일화가 나온다. 그 서점만의 독특한 시그니처인 '읽는 약' 봉투를 다른 지역의 동네 서점에서 똑같이 베껴서 팔고 있더라는 것이다. 그것도 이 서점과 마치 친분이 있는 것처럼 얘기하면서 말이다. 전화를 걸어 정중히 사용 중지를 요청했다지만 그 기분이 어땠을지는 가히 짐작이 가고도 남는다. 이런 콘셉트는 사실 특허도 낼 수 없어서 대놓고 따라 한다고 법적인 조처를 할 수도 없다. 다만 우리가 소개하고 파는 품목이 읽는 약, '책'이기에 동종 업계에서 행하는 그런 식의 무례에 씁쓸함을 더 짙게 느낄 뿐이다.

서점이란 공간은 굉장히 복합적인 유기체이다. 어딘가가 잘된다고 해서 그 방식을 따라 하거나 유명 동네 서점과 똑같은 책을 입고한다고 반드시 좋은 결과를 얻는 것이 아니다. 자신이 좋아하는 책을 골라 갖다 놓는 것이 곧 서점의 취향을 보여주는 것도 아니다. 책뿐만 아니라 책을 진열하는 스타일, 소품 하나의 위치, 분위기, 주변 환경, 일하는 사람, 운영 원칙 등 이 모든 것이 취향의 반영이다. 그렇기 때문에 서점 주인 개개인이 끊임없이 노력하고 연구하며 '다름'에 대해 고민해야 한다.

디어마이블루는 올해로 벌써 4년 차가 되었다. 이 글의 맨 앞에서 언급한 우리보다 늦게 생긴 반경 5~7km 안의 서점 중 같은 자리에서 꾸준히 서점을 하는 곳은 안타깝게도 한 군데도 없다. 두 곳은 1년 만에 문을 닫았고 두 곳은 자리를 옮겼다. 하지만 작년에 애월에는 새로운 서점이 두 곳 더 생겼고 올해 또 한 군데가 생길 예정이라고 한다. 코로나 사태로 많은 동네 서점들이 문을 닫았다지만 이렇게 또 새롭게 문을 여는 동네 서점들도 있다.

동네 서점의 다양성에는 한계도 정답도 없다. 처음에 생각했던 지향점들이 그대로 유지되고 있는 서점들도 있겠지만 아마 많은 서점이 운영해나가면서 찾아오는 손님들과 그 공간에 맞는 방식으로 진화하고 있을 것이다. 디어마이블루 역시 그렇다. 제주 시골의 동네 서점이 온갖 역경에도 불구하고 지금까지 버틸 수 있었던 것은 이곳에서 파는 책들이 특별해서가 아니라 시간이 지남에 따라 '예쁜 취향'을 파는 곳으로 진화했기 때문이라고 생각한다. 흔히 디어마이블루에 오는 사람들은 '예쁘다'라는 말을 가장 많이 하는데 그런 후기가 인터넷과 SNS상에서 공유되면서 우리는 '예쁜 취향을 파는 서점'이 되었다. 예쁜 걸 좋아하는 사람들이 와서 책을 사는 서점인 것이다. 이건 '예쁜 책'을 파는 서점과는 다른 말이다. 오해하지 않길 바란다.

동네 서점들의 다양성이 중요한 이유는 이것이 결국 전체 서점의 생태계에 전환점을 만드는 힘이 될 수도 있기 때문이다. 덩치가 커서 변화가 쉽지 않은 중대형 서점에 비해 대부분 개인이 운영하는 동네 서점은 시대와 타깃에 맞춰 변화와 다양성을 시도하기에 훨씬 유리하다. 자신만의 취향으로 무장한 동네 서점들이 늘어나고 각각의 개성 있는 서점들의 연대가 이루어질 때, 결국 동네 서점의 지속가능성이란 면에서도 새로운 돌파구가 열릴 것이다.

새로 등장하는 동네 서점들이 치열한 고민과 전략으로 자기만의 빛을 발하면서도 오래가는 그런 공간이 되길 진심으로 바란다.

서점 주인
1001일차입니다

어쩐지 봄이 서둘러 내달린다 했더니 급하게 오다 탈이 났는지 어디메에서 잠시 쉬고 있는가 보다. 바람이 겨울만큼이나 차긴 한데 두꺼운 옷을 꺼내 입기는 내키지 않아서 안으로 겹겹이 싸 입고 나와 서점 문을 열고 부랴부랴 좋아하는 음악 볼륨부터 높였다.

서점으로는 7월에 오픈했으니 늘 사이클의 시작은 여름이다. 정신없던 여름을 보내고 독서의 계절은 개뿔이라는 소리가 절로 나오던 스산했던 가을도 보내고 모두 각오를 단단히 하라던 겨울도 버티고 이제 다시 심호흡의 계절 봄이다. 그리고 2021년 4월 12일이면 동네 서점 주인장으로 산 지 1001일차가 된다.

제주에서 꽃서점 디어마이블루를 열고 지금까지 시간을 돌아보자니, 이 나이에도 난생처음 겪는 일이 이렇게나 많을 수 있다는 것에 새삼 놀라게 된다. 사는 환경과 직업과 만나는 사람이 다 바뀌었으니 당연한 일이겠지만, 특히나 제주라는 곳이 이주민들끼리 하는 말로 '말만 통하는 이민'이나 다름없는 곳이기에 변화의 폭이 더 크게 느껴졌던 것 같다.

그동안의 시간에 대해 꽤 많이 정리하고 풀어놓을 수 있을 줄 알았는데 정말 1일차 서점 주인장들에게 필요한 아주 기본적인 내용만으로도 지면이 채워졌다. 실제로 만 3년 가까운 시간 동안 진행했던 수많은 책 관련 행사와 프로그램들과 시장의 변화와 대내외적 활동은 하나도 꺼내놓지 못해 아쉽기도 하다. 제주라는 공간의 특수성 때문인지 같이 사연을 나누고픈 손님들 이야기만으로도 책 한 권이 나올 지경이었지만 이 부분 역시 최소화할 수밖에 없었다. 이런 이야기들은 언젠가 어떤 곳에서든 또 들려드릴 기회가 있으리라 생각한다.

개인적으로 이 시리즈와 관련해서의 바람이라면 또 다른 1일차의 저자가 될 수 있다면 좋겠다. 원래 30대 때부터의 내 꿈은 프라하에서 한인민박을 하는 거였는데, 그 꿈을 이루게 된다면 '한인민박 1일차입니다'를 쓸 수 있지 않을까. 무엇이 되었든 '디어마이블루'라는 이름하에 하게 될 테니 우리 도장이 찍힌 책을 갖고 계신 분들은 꼭 소중히 간직하고 계시기 바란다. 정말로 숙박업을 하게 된다면 디어마이블루 도장이 찍힌 책을 갖고 오시는 분들께는 1박 무료 숙박권을 제공할 예정이니 말이다.

어디에서 어떤 형태로 존재하든 언제나 디어마이블루의 에너지가 여러 곳에서 좀 더 선한 영향력을 발휘하고, 힘들고 지친 분들에게 꺼지지 않는 모닥불 같은 따뜻함을 나눠줄 수 있도록 노력하고 싶다. 우리의 감수성을 지켜줄 무기인 책과 꽃을 더 많은 사람이 가까이하기를 바라며, 마지막으로 나 자신을 비롯한 이 책을 읽는 모든 분에게 하고 싶은 말을 이바라기 노리코의 시 〈자신의 감수성 정도는 자신이 지켜라〉로 대신하겠다. 디어마이블루 로고와 지금 건물의 외벽에 새긴 영문 'Keep your sensibility for yourself'는 이 시의 마지막 연을 번역한 것이기도 하다.

바싹 바싹 말라가는 마음을
남의 탓으로 돌리지 마라
스스로가 물 주는 것을 게을리하고서는

나날이 까다로워져 가는 것을
친구 탓으로 돌리지 마라
유연함을 잃은 것은 어느 쪽인가

초조함이 더해가는 것을
근친 탓으로 돌리지 마라
무얼 하든 서툴기만 했던 것은
나 자신이 아니었던가

초심이 사라져 가는 것을
생활 탓으로 돌리지 마라
애초에 깨지기 쉬운 결심에 지나지 않았던가

잘못된 일체를 시대 탓으로 돌리지 마라
가까스로 빛을 발하는 존엄의 포기

자신의 감수성 정도는 자신이 지켜라
바보 같으니라고

꽃서점 1일차입니다

초판 1쇄 발행	2021년 4월 28일
지은이	권희진
펴낸곳	(주)행성비
펴낸이	임태주
책임편집	이윤희
디자인	이유진
출판등록번호	제2010-000208호
주소	경기도 파주시 문발로 119 모퉁이돌 303호
대표전화	031-8071-5913
팩스	0505-115-5917
이메일	hangseongb@naver.com
홈페이지	www.planetb.co.kr

ISBN 979-11-6471-144-4 (03810)

행성B는 독자 여러분의 참신한 기획 아이디어와 독창적인 원고를 기다리고 있습니다.
hangseongb@naver.com으로 보내 주시면 소중하게 검토하겠습니다.